HATİCE ÇOLAK

VesseLÂm

Vardır Bunda da Bir Hikmet!

Çay en kısa aşk şiiri idi.
Dem tutmasını bilenlere...

indigo kitap

VesseLÂm

Vardır Bunda Da Bi Hikmet!

Hatice Çolak

Baskı: Aralık 2016
ISBN: 978-605-9144-30-8
Yayınevi Sertifika No: 31594

Editör: Melek Toprak
Kapak Tasarımı: Tuğçe Ekmekçi
Baskı
Sonsuz Matbaa Kağ. Müc. Hizm. San. ve Tic. Ltd. Şti.
Davutpaşa Cad. Yılanlı Ayazma Sk. No: 8/G Zeytinburnu / istanbul
Tel: 0212 674 85 28
Sertifika No: 28487

İNDİGO KİTAP YAYIN. DAĞ. PAZ. REK. LTD. ŞTİ.
Oruçreis Mah. Tekstilkent Cad. No: 10 D: Z07 Esenler/İSTANBUL
Tel: 0 212 438 17 83 • Fax: 0 212 438 17 84
www.indigokitap.com • info@indigokitap.com

İK İNDİGO Bir İndigo Kitap Yayın Dağ. Paz. Rek. Ltd. Şti. markasıdır.

HATİCE ÇOLAK

VesseLÂm

Vardır Bunda da Bir Hikmet!

Çay en kısa aşk şiiri idi.
Dem tutmasını bilenlere...

indigo kitap

Ön Giriş

Dilin söylediği sözler vardır, bir de kalbin söylediği sözler... Dilin söylediğini herkes duyar da kalbin ne söylediğini sadece aynı derdi, muhabbeti, hüznü, umudu taşıyanlar duyar.

Dilde sözlerin moda olduğu dönemde hala sıcak çayın muhabbetini yüreğinde duyanlar işitir yüreğimizin yazdıklarını. Sözün erbabı çoktur, sözü yüreğiyle yaşayan maalesef ki azdır. Bu yüzden en güzeli sözü öze yansıtacak hâl lazımdır. Hz. Osman: **"Sizin için faal iman olmak, çok söz söyleyen iman olmaktan daha hayırlıdır."** der. Sözden önce halimiz anlatsın asıl derdimizi. Söz ehillerinin çok olduğu dönemde, hâl ehli üzerine olalım inşallah...

Hâlimiz derdimizden bellidir dedik,

Derdimize muhabbeti dem eyledik...

Böylece yüreğimizden geçen ne varsa yazdık, yazıldık

muhabbetle...

...ve bu satırlar söyleyemediğimiz, içimize attığımız,
paylaşamadığımız dertlerin muhabbetle demlenen
sesi olsun inşallah!

Bin bahar gelse de,
tek bir baharı özlerim,
Allah için sevdiğim,
seni gördüğüm o sonbaharı...

(Bir sevda yanlış yazılıyorsa, doğru okunmasını bekleyemezsin.)

Yağmurla Gelen!

...bir yağmurla başladı yüreğimize düşen sevdanın hikmeti!

Sabah ezanı okunuyordu ve gök delinmişçesine yağmur başladı. Rahmet damlaları eski ahşap pervazlı cama vuruyordu. Daha önce sanki yağmur hiç böyle yağmamıştı.

O sabah yağmur hiç söylenmemiş şarkılar söylüyordu, hiç yazılmamış şiirleri okuyordu. Aniden açılan camla içeri hiç duymadığım uzak diyarlardan gelen toprak kokusu doldu. Burnuma gelen o kokuyla, yağmura karışmak istedim. Ellerimi uzatıp camdan gökyüzüne doğru kaldırdım. Ellerime düşen damlaları yüzüme sürdüm, sonra içimden de yağmurlar yağmaya başladı. Gözlerimde gökyüzüne dönmüştü. Kirpik uçlarımdan huzur, hüzün karışık garip duygular yağıyordu.

Elimi kalbime koydum, ses veriyordu:

-Kalk diyordu.

-Uyan!

"Nasibine aşk düştü, yüreğine sevdanın hikmeti düştü" diyordu.

Tam o esnada telefonum çaldı: "Yağmur var hocam koş!" diyen bir ses…

O idi.

Yağmur vardı ve benim yüreğim çoktan koşmaya başlamıştı. O an işte yağmur mu ben mi yağıyordum hatırlamıyorum. Uyanışıma uyandım işte bu sabah.

Sevdaya uyandım.

(…ama bu sevda bir ömür imtihanım olacakmış bilemeden.)

Buz gibi suyu yüzüme çarpıp kendime gelmeye çalışıyordum. Ne oluyordu böyle, yüreğimi saran bu duyguda neydi? Abdest aldıktan sonra biraz daha sakinleşti duygularım. Namazı kıldıktan sonra duama sevdanın adı düştü, o düştü.

"Emanetleri emin olan en güzele emanetsin güzel efendim." diyerek sardım, sakladım duamda.

Gönlümün tespihine seni dizdim, çekiyorum aşkla.

Umutlarımı, yarınlarımı sen diye sayıyorum.

Sen diye uyuyorum her uykuyu.

Sen diye uyanıyorum her sabaha.

Dinlediğim her şarkının fonunda sen oluyorsun.

…yüreğimin frekansı bir sana sabit!

Bir senin şarkını söylüyorum.

Ervah-ı ezelim..

Yüzündeki her çizgiyi ezber ettiğim..

Öyle çeyiz falan bilmem ben. Yüreğimin gergefinde işliyorum seni bugünüme, yarınıma, ahiretime.

Beyaz dantellerim yok benim, beyaz kağıtlarım var adını yazdığım.

Çiçekli örtülerim yok benim, şiirlerim var adını her yazdığımda çiçek açan.

Tencere, tava biriktirmedim ben, çaydanlığım var gönlümde seni demlediğim.

Porselen takımlarım da yok öyle kırılacak diye korktuğum, ama yüreğimin öyle bir sen yanı var ki kırılmasın diye canım saydığım.

Öyle çok varım yok,

Sen diye bir yarım var, Allah diye bir tamım var, bana yetiyor.

Aminim...

...solundan öpüyorum!

Duamı ettikten sonra evin arkasındaki ahşap balkona oturdum. Yağmur aşkla yağmaya devam ediyordu. Hâlâ, daha önce hissetmediğim musikisiyle, tefekkürle yağıyordu. Tüm dünyadaki kirleri temizlemek istercesine... Yanan direk ışıklarının aydınlattığı yerlere bakarak yağmuru izliyordum, bir dede elinde bastonuyla camiden dönüyordu.

Bembeyaz sakaları vardı. Kareli ceketi, içindeki hakim yaka gömleği ve yeleği ile eskinin huzurunun canlı örneğiydi. Hele zamanı yanında taşıdığı o köstekli saati olmazsa olmazdı. Ne güzel diyordum. Bu yaşta hala Allah için, rızası için bu yoldan bu saatte bile vazgeçmiyordu. Resûlullah sallallahu aleyhi ve sellem'in hadis-i şeriflerini anımsadım o anda:

"Yatsı namazında cemaatte bulunan kimseye, gecenin yarısına kadar namaz kılmış gibi sevap vardır. Yatsı ve sabah namazlarında cemaatte bulunan kimseye ise bütün gece namaz kılmış gibi sevap vardır."

"Sabah namazının iki rek`at sünneti, dünya ve dünyadaki her şeyden daha hayırlıdır."

Tefekkür içinde hâlâ izliyordum yağmuru ve şiddetini arttırmaya başlamıştı damlalar. Eyvah, dedemin şemsiyesi de yok, diye içimden geçirirken birden yere eğildi. Eliyle yeri yokladı. Sanki bir şey düşürmüş de arıyor gibiydi. Merak etmiştim, biraz da üzülmüştüm. Çok zor eğildiği belli oluyordu her halinden. Dayanamayıp üstüme bir hırka alıp sokağa attım kendimi. Elimde şemsiye ile dedeye doğru koşarak ilerliyordum. Korku yoktu içimde, sabahın aydınlık bir karanlığı vardı benim için. Hala koşuyordum, yağmur yüzüme yüzüme vuruyordu. Yağmur tenime değdikçe başka bir boyuta geçiyordum. Dedenin yanına vardığımda soluk soluğa kalmıştım.

-"Selâmun Aleyküm, dedeciğim

Hayırdır bir şeyini mi kaybettin?" diye sordum.

Selamımı alarak, titreyen sesiyle:

"Evet kızım, elimde ahretliğimin, gönül yoldaşımın resmi vardı. Direğin altındaki ışıkta eve gitmeden bir kez bakayım diye çıkarmıştım, düşürdüm. Ellerim titriyor artık. Tutamadım, yağmur da birden artınca. Bulmam lazım kızım, bulmam..."deyip şu cümleyi ekledi:

"Yüzünü unutmasam da tek resmi o. Bende olan... Bende saklı kalan..."

Başım öne eğildi. Sevmek ne kadar yalın, ne kadar gerçek, dedemin dilinde diye içimden geçirdim ama dilimde ne söyleyeceğimi bilmez halde resmi arayıp buldum. Vesikalık bir kadın resmiydi. Çok güzel, yeşil gözlü, bembeyaz tenli bir kadın... Ama o resim ıslanmıştı, dokunulmadan kuruması lazımdı. Yoksa dedemin tek hatıra saydığı o resim de yok olacaktı.

Dedeyi kolundan tutup kaldırdım, kenardaki durağa doğru yürümesine yardım ettim.

"Dede,resmi buldum! Biraz dokunmayalım da az kurusun; yoksa artık işe yaramaz hale gelecek," dedim. Dedem çok üzülmüştü, başını eğdi.

Hemen, "yok dedeciğim" dedim.

"Kurusun bir şeyi kalmaz."

Ah dedem, öyle bir tebessüm etti ki: "Allah senden razı olsun kızım. Sen beni bu dünyada mutlu ettin, Rabbim seni gönlündekiyle, iki cihan yâr kılsın." dedi. Tevafuk, bugün seni düşünürken en çok ettiğim duayı bana etmişti.

Dedeciğim, resimdeki maşallah çok güzel biriymiş. Dedem bir iç geçirip ah evlâdım, gözümün gördüğü en güzel kadındı, çünkü ondan başkasını zaten gözüm görmemişti ki. Yüreği kendinden bile güzeldi, Allah ruhumu ruhuna eş yaratmıştı. En önemlisi bizi bu dünya yolunda helâl kılmıştı, çok şükür" dedi.

Elini öptüm, şemsiyeyi dedeme bırakıp yağmurda ıslanarak yürümeye başladım.

Islanıyordum (sevdamın yağmurlarında sırılsıklam olacağımı bilmeden).

Eve geldiğimde üstümde tek kuru noktam kalmamıştı. Kıyafetlerimi değiştirip, tekrar balkona çıktım.

Biraz serindi, elime çayımı alıp ısınmak istercesine bardağı iki elimin arasına aldım. Yağmurla birlikte sevdayı yüreğimizde dem tutturan çaya baktım. Toprak kokusu ve çayın kokusu birbirine karıştı, düşüncelerimde birbirine…

Derince içime çekmeye başladım o kokuyu. Âh o an hissettim, yüreğimde dem tutuyordu, çay gibi…

…kulaklarımda ise hâlâ "yağmur var koş" diyen sesin ve dedemin "ah ahretliğim" dediği o anki sesler zihnimde birbirine karışmaya başladı. Geleceğimizi hayal ettim. Biz de birbirimize ahretlik der miydik, ahirette kavuşur muyduk, diye düşüncelere daldım. Sonra kocaman bir inşAllah çektim. Çayı yudumladıkça kimsesiz gecelerdeki muhabbetimiz geliyordu aklıma.

Çay bizim için, bazen sessiz, bazen sözsüz sözleri söyleyen en güzel iletişim aracıydı.

Öyle sevda demliydi, muhabbet demliydi.

Satırlarımı yazarken hep çayım olurdu.

Önce kimsesizdi bir yanım,

Sonra solumdan, soluğumdan eksilmeyen Allah'ın bir hikmet'i karıştı satırlarıma...

Anlam veremiyordum, bende ki bu hale...

Yağmur, çay derken bir dua hali başladı bende, tam da bugünkü yolculuk öncesi...

Sürekli dua ediyordum, öyle dile değdirmeden, yüreğimin semalarından salıyordum her cümleyi.

Bir Adam!

***Ö**nce şiir olur dokunur yüreğine.*
Ruhun istidadı değişir
Bakışın değişir.
Şiir yazmak değil "şiir yaşamak "istersin.
Ahh!
Bu ne dil işidir, ne de akıl işi...
Kâr etmez yüreğine tembihlemelerin.

Soluksuz kalırsın!
Bazen saç tellerine kadar kırılırsın.
Tüm ihtimalleri denersin.
Her ezan sesine,
Her namaz sonrasına...
...duaya rezerve akla gelen ne an varsa.
Yağmurla, rüzgarla...

Doğan güneşle...

Gece örtülen karanlıkla bile ismini duadan öteye bırakamazsın.

İyi olsun,

Şükür olsun deyip,

Razı olursun koca bir adamın yüreğini taşımaya,

Bir adam olsun dersin.

Baba olsun,

Gözleri gülsün,

Kalbi ılık...

İki cihan, bir gönül rızkın hep o olsun istersin...

...saatler saatleri devirdi, an yolculuk vaktiydi. Gönlümse çoktan yola çıkmıştı!

Otobüs yolculuğu boyunca yağmur da eşlik etti.

İstanbul'a yaklaştıkça aklımda konuştuğumuz güzel muhabbetlerin yüzümdeki tebessümü daha da belirmeye başlamıştı.

Etrafa bakındım, deli diyorlardır belki de bu halime, derken yolculuk sona erdi.

Telefonumu aldım ve onu aradım, geldim dedim. Aksi gibi o an sarjım bitti. İstanbul'a ilk gelişim değildi ama ilk kez geliyor gibiydim. Otobüsten indiğimde hava kararmıştı. Yağmur yoktu ama serinliği vardı, kokusunu bırakmıştı.

Esenler Otogarında bekliyordum.

Mevsim sonbahardı, eylülün ilk günüydü.

İstanbul'un karmaşasına adıma attığım ilk gündü.

Onu aylar sonra göreceğim ilk gündü.

Aklıma şu sözleri geldi:

"Seni uzun zaman sonra görünce ne yapacağım ben? Ya kalbim durursa? Seni görünce ne yaparım, hiç bilmiyorum"

Sahi, ben ne yapacaktım?

Onu görünce ne yapacaktım?

Düşüncelerim beynimde değişik kurgular yaparken o belirdi:

Üzerinde siyah deri ceketi, tabanında kırmızı çizgileri olan spor ayakkabısıyla.

Karşımdaydı, gözleri gözlerime bir ömür bakacak gibi duruyordu. Birden sarıldı. Ellerimi bile kaldıramadım, öylece dakikalarca kaldık, kaldık...

Her şey silinmişti gözlerimden, tüm kalabalık yok olmuştu, tüm sesler susmuştu o an.

Zaman durmuş, hareket etmiyordu bizim dışımızda her şey...

Güzel efendim...

Soluğum, solum...

Derdim, dermanım...

Siyahım, beyazım...

Acım, tatlım...

Gündüzüm, gecem...

Sıcağım, soğuğum...

Dünüm, bugünüm, ahirim...

Ömrümün tüm tezatları sende bir oldu.

Ben her cümleyi sende sevdim.

Allah için seni çok sevdim.

Elini uzatmıştı, gözlerime bakıyordu. Başımı kaldıramıyordum. İçimde volkanlar patlamıştı, o kadar utanmıştım ki yanaklarımda sıcaklığın o hafif kırmızılığı...

Tuttum o eli...

Tam da burada başladı, gönlümün imtihanı!

Yağmurun, çayın ve duanın bir olduğu aşkın adı...

Gözümün gördüğünden öte, gönlümün sevdiği...

Evvelim, ahirim...

Söylediğim, söyleyemediğim en güzel kelimem...

Kül hecem...

Gözlerimi sevdaya açmaksa sende açtım ilk.

Ellerim bir seni terledi.

Kalbim bir tek seni sevdi.

Sevdim... Çok sevdim...

Evet, tuttum o eli (daha sonra kendime kızacağımı bilmeden, bir ömür yanacağımı bilmeden...).

Bir ömürlük değil, iki cihan eş diye nasiplenmek istercesine. Rengarenk dualar bıraktım dilimden, Rabbim bizi birbirimize hayırlı kıl duası ile.

Ruhum şifasını bulmuştu (Ruhum şifasını kapmıştı aslında).

Dışarısı çok serindi ama ben hissetmiyordum. Elimi öyle bir tutmuştu ki, sımsıkı, bir daha hiç bırakmayacak gibi...

Bir ömür tutmaya söz vermiş gibi...

Saatlerce yürüdük, tek tük cümleler kurduk. Sese söze gerek yoktu. Solumdan soluna sessiz ama derinden muhabbet çoktan başlamıştı. Bir şey daha başlamıştı bilmeden yazacağım sevdanın adı başlamıştı, hiç yazmadığım şiirlerin adı konmuştu. Bu yüzden bir hikmet'i vardı sanki yazdıklarımın.

Öyle saklı öyle derin...

Güzel şeyler, yiter mi hep bilmem, ama solumuzdan vurdu dünya bizi. Çok sevmek başlı başına ayrılık sebebi der ya şair... Ayrılık... Ah ayrılık, aman ayrılık girdi araya.

... Aslında haram bir sevdanın bitişiyle helal yalnızlıktaki hiç bitmeyecek bir hikaye tam burada başladı. Herkes sevmeye bir tanım ararken sevmek hiç bir tanıma sığmadan adınla satırlarıma karıştı. Öyle bir hikmet'tir ki kalbime düştüğünden beri geceyi de gündüzü de iki kez yaşıyorum.

İki kez ki, yüzünü gördüğümde güneş o güne bir kez daha doğuyor, görmediğimde bir kez daha gece oluyor içimde. Kaplıyor karanlık içimi. Her güne hasret olmak, böyle bir şey olsa gerek.

Her güne hasret bu gönül.

Her güne yazılan satırlar "Vardır bu sevdada bir hikmet" diye başladı.

Bu sevdanın hikmet'i de ömrümüzün en büyük imtihanıydı...

...bir yağmurla gelen sevda, yağmur yağmadan bile yağmaya başladı artık. Ayrılıktan mıdır bilinmez, yağmursuz geçemedim hiç bir sözcükten!

Sonra yüreğimin kıyısına oturdum, uzaklara baktım;

Mavi ile yeşilin birleştiği yerlerde aşkın umut diye yazılan bir adı vardır. İşte tam da burada saklıdır hikmet. İnce bir yaratılış sanatının gizeminde saklanan o huzur sızar yüreğinize. Şükretmenin, aşkın, sabrın, umudun aslında her şeyin birleştiği bir kıyıdır. O kıyıdan yüreğime vuran ne varsa satırlarıma bıraktım...

...satırlar, satırlar derken
aslında yazılanın
ötesinde bir sevdaya ait olduğumu
hissettim.

لا

Bir Lâ çekip
uzun uzun susuşlarımda
saklı asıl sevda.

Yüreğimden yüreğine uçsun hep bu göçmen kuşlar!

VesseLÂm

Es-Selâmü aleyke!
Selâmın çok güzel bir hikmet'i vardır!

Allah'ın adıyla başlamalı her satır... Ve Allah'ın selâmı ulaşmalı yazılanlardan önce gönle...

Selâm vermek öyle güzeldir ki önce Allah'ı vekil kılarız hislerimize.

Selâm vermek, karşıdaki gönlü muhafaza etmektir "Allah yâr ve yardımcın olsun." diyerek...

Bir selâm ki vereni bahtiyar, alanı bereketli kılar.

Selâm vermek sünnet, almak ise farzdır. "Size bir selâm verildiği zaman siz de ona daha güzeliyle karşılık verin veya aynısıyla iade edin" (Nisa-86)

Ötesi yok, selâm olsun tüm aleme...

Selam olsun, gönlümüzden dökülenleri muhabbetimize başlangıç sayan dostlara.

Selâm olsun, derdimizi paylaştığımız satırlarda buluşan gönüllere…

Selâm vermek, gerçekten bereketli kılar ömrü de.

Selâmın bin bir hikmeti vardır, anlatılan bir rivayete göre;

Bir gün Müslümanlardan birinin çok borcu vardı, Adam bütün çabasına karşın çaresizlik içinde kalmış, bir türlü borcunu ödeyemiyordu. Bir gün yatsı namazından sonra iki rekat hacet namazı kılarak Peygamber Efendimizi vesile ittihaz edip münacatta bulunarak, derdine çare istedi. Rüyasında Peygamber efendimiz teşrif buyurarak sıkıntı içinde olana dedi ki: "Yarın git, Hekim Ali Paşa'ya benden selâm söyle, bin altın versin. Bu rüyanın şahidi olarak da bu cuma gecesi her zaman okuduğu salavatları unuttuğunu söylersin!"

Borçlu, sevinç ve ferah içinde uyandı. Fakat çevresinde biraz da tutumlu ve eli sıkı olarak bilinen Hekim Ali Paşa'ya tedirgin olarak gitti. Rüyasını anlattı, şahidini söyledi.

Bunun üzerine paşa:

"Tekrar et, yeniden anlat" dedi.

Borçlu:

—"Efendim, Peygamberimizin size selâmı var, bana…"

Paşa :

"Tekrar et, bir daha anlat bakalım." dedi.

Üç, dört, beş, altı, yedi... Yedinciyi söylerken borçlu :

—"Paşam, beni niye oyalayıp duruyorsun? İnanırsan verirsin, inanmazsan vermezsin." demesi üzerine Paşa:

—"Kardeşim, ne demektir bu? Sen kimden selâm getirdiğini biliyor musun? Sana sözünü tekrar ettirişim, Resulullah'ın selâmını çoğaltmak içindi, onun her selâmına bin altın vereceğim." dedi.

Selâm kalpten dile değen en güzel kelâmdır, hatta selâm deyince Efendimiz dokunur yüreğime, o hüzün gününün yadigarı selâmın rivayeti gelir aklıma;

Peygamber efendimiz Veda Haccından sonra hastalanıp mescide çıkamayınca kendisini ziyarete gelenlere "Müslümanlara selâmımı götürünüz." buyurdular ve sonra açıkladılar: "Sadece bugünkülere değil, kıyamete kadar gelecek Müslümanlara benden selâm söyleyiniz."

Böylece, kıyamete kadar gelecek Müslümanlara da Hz. Peygamberin selâmı ulaşmaktadır.

İki cihanın güneşi, Allah'ın sevgili Resulünün selâmı üzerinize olsun.

Bu yüzdendir ki Allah'ın ve Efendimizin selâmı üzerinize olsun.

Ey yâr sana, bu satırlardan selâm olsun!

Vardır bunda bir hikmet,
deyip sevmeyi bu dünya için değil ahirette de umut edenlere
selâm olsun!

Selâm olsun, VesseLÂm!

Özlemiş-im

Nasıl özlemiş...im!

Yazmaya ara veriyorum bazen. Bazen günler, bazen saatler...

Sonra tekrar yazmaya başlayınca kalem kağıdı değil de, kalem seni yazmayı özlemiş diyorum.

Sonra beyaz kağıtta adının geçtiği satırlara bakıyorum. Kağıt da sana yazılmayı özlemiş.

Öyle hemencecik dökülmüyor dilime adın.

Yüreğimde büyüttüğüm özlemi kolay mı bir çırpıda söylemek?

Ne yağmurlar bıraktı gökyüzü önce,

Islandım...

Hem de çok ıslandım!

İlk ıslandığım eylül yağmurları artık , her mevsime karıştı.

Her anıma karıştı.

Sen benim yağmurum oldun, yağdın yağdın…

Gökyüzünden üstüme, gözümden yanaklarıma, içimden gönlüme, dilimden satırlarıma yağdın..

Adın yağmura benzerdi bende.

Ne zaman adını ansam yağmur yağardı.

Duam başlardı ardından.

Düçar gözlerimde hayalin, dilimde sese kavuşmayan adın!..

Ses edemezdim.

Seni seviyorum cümlesine haykırarak adını ekleyemezdim.

Öyle yanışımın yağmurları yağdı satırlarıma.

Hem de ne yağdı, ne yaktı!

Hep yağmurlar biriktirmedim tabi satırlarıma.

Mavi gökyüzünde rengarenk çizgiler belirdi, en güzel renkleri senin adında gördüm.

Sonra ikindi serinliği kiraladım, düşüncelerimin sen kıyılarında dinlendim.

Sensizliği yaşamaktan, dinlendiğim kadar da yoruldum.

Rüzgarlar esti; bazen sert, bazen sakin…

Özlemenin bendeki dozu gibi.

Seni anlattım, sana selam yolladım rüzgarla!

Yıllarca kursakta biriktirdiğim özlemi kolay mı bir çırpıda söylemek?

Ne tohumlar yeşerdi toprakta önce…

Umut ettim.

İlk ektiğim eylül tohumları her mevsimde çicek açtı.

En umutsuz olduğum anda bile yeşermeye başladı.

Sen benim umudum oldun, yeşerdin, çiçek açtın.

Topraktan elime, aklımdan düşüncelerime, umutlarımdan kalbime, dilimden satırlarıma, çiçek açtın.

Adın güle benzerdi bende.

Ne zaman adını ansam gül kokusu sarardı.

Duam başlardı ardından.

Açılan ellerimde hayalin, dilimde sese kavuşmayan adın...

Ses edemezdim.

'Sen benim en güzel yanımsın' cümlesine adını ekleyemezdim.

Öyle yanışımın çiçekleri açtı satırlarıma.

Hem de ne açtı,ne yaktı!

Öyle kolay mı özlediğini bir çırpıda söylemek...

Kalem kağıda yazar da özlediğini, ben karşında gözlerine bakıp söyleyebilir miyim yağmurda sırılsıklam olup, umut umut çicek açıp ne kadar çok özlediğimi?

-Ama yağmur var koş, derim.

Bak ne kadar güzel çicekler açtı derim.

Sen gel, ben zaten çok özlemiş'im.!

Bazı mevsimler soğuk olsa da içimizi ısıtacak,
şükür dedirtecek nimetler var.
-Şükrümüzün de kalbimizi ısıtacak kadar
büyük bir işlevi...

Güzel Düşünmek = Seni Düşünmek

Güzel düşünmek istiyorum sevdiğim,

Kuzineli sobanın üstünde kaynayan çaydanlıktan gelen sesle pencere önü bir sakinliğe çekilelim.

Işıklar yanmasın, sobanın ateşinden hareleri izleyelim tavanda.

Kestaneleri unutmayalım.

Çocukken yaptığımız gibi bir sana, bir bana paylaşalım kestanemizi.

Kapitalist sistemi bir yana bırakıp her şeyi paylaşalım.

Eski radyomuzdan İnce Saz şarkılar yükselsin.

"Fikrimin ince gülü..."

Başım omzumda sevdiğim, her anı şükürle sırlayalım.

Bitmesin sevgimiz, ne bu dünyada ne de ahirette.

Bir çift gözünde huzuru bulayım.

Bir duanın, çokça amini olalım.

Yağmurdan herkes kaçarken biz inadına ıslanalım,

İnsan rahmetten kaçar mı hiç sevdiğim?

Kalabalık modern dünyanın gösterişinden uzak eski taş sokaklarda çocuklar gibi koşalım.

Yere düşmekten kanasın dizimiz, yeterki yüreğimizden kanamayalım.

Üsküdar vapurunda martılara simit atalım,

bir martının kanadında yükselelim gökyüzüne...

Bulutlara bakıp hayalimizdeki şekli bulup, aşkı anlatalım.

Bir çınar ağacı altında ikindi serinliğini yaşayalım.

Közde çayımız olsun,

sevdadan, muhabbetten dem alalım.

Heybemizde

şiir olsun,

dua olsun

ve Aşk olsun...

Aşk olsun sevdiğim!

Âşık ol da gel!

Allah içimizi biliyor azizim!
Allah biliyor da zaten, biz biliyor muyuz içimizi.

Bazen içime attıklarımı taşıyamıyorum, taşıyamayınca taşıyorum kâğıtlara. Hiç kimseye anlatamayınca bir çay demleyip satırlarda buluşturuyorum içimdekileri. O da kalpten, düşünceden ne sızarsa kâğıtlara. Kendi eksiliğimle sesleniyorum kâğıtlarda size, kendi eksikliğimden pay biçiyorum.

Azizim insan neyle yaşar?

Ekmekle mi?

Su ile mi?

Para ile mi?

Ne çok cevabımız vardır değil mi, açlığa kırk gün, susuzluğa üç gün, parayla ise rahatı yaşarız deriz. Evet, bunlar yaşatır ama sadece bedeni. Bedeni yaşatıyoruz, peki ya ruhu?

Yâ ruh nasıl yaşar Azizim?

Beden yaşayınca, ruh yaşamış olmuyor maalesef. Etrafınıza bir bakın. Alış veriş merkezleri, kalabalık şehir sokakları, metrobüs, metro duraklarında ki binlerce, milyonlarca insana bir bakın. Eksik değil mi bir şeyler. Size de eksik gelmiyor mu?

Gözlerinden okuyamıyorum yaşadıklarını, sadece yürüyen insanlar.

Asık suratlar, aynı bakışlar, koşturmacalar, kargaşalar, tahammülden noksan tavırlar, yalanlar, sahte sevgiler, moda ikonları, reklam tabelaları, dev binalar, içinden çıkamadığımız teneke yığını arabalar ve daha bir sürü şey.

Ruhun esaretinde, iman noksanlığında sıkışmış bir yaşamak.

Oysaki huzurun adı olmalıydı yaşamak. Huzurun diyorum, huzur islâmdadır.

İnsan ne ile yaşar biliyor musun şimdi azizim. Önce inançla yaşar. Allah'a o bitmek bilmeyen, evveli ahiri hep olan Allah'a inançla. Sonra bu dünya o inancın bir tecellisi olan aşkla. İnancın ve aşkın birleşimidir yaşamak. İnanç varsa aşk vardır, aşk varsa inanç vardır.

Çünkü gerçek aşk, inancın kendisidir.

Ama aşığım demek dile kolaysa, âşığım diyen yalan söyler. Aşığım demek öyle kolay mı azizim!

Aşk, serden geçmektir!

Aşk öyle bir kendinden geçmektir ki, o kapıya gittiğinden senden bir şeyler kalmışsa açılmayacağını bilmektir.

Hz.Mevlana ne güzel anlatır azizim;

Kapına geldim.

Ve ben, ben olmaktan vazgeçtim.

Sen yeter ki "kim o" de.

Kim olmamı istiyorsan, o olmaya geldim.

Öyledir âşık olmak, O olmaktır. Kendinden geçmektir. Âşık olmayan, inancı yaşayabilir mi?

Yol aydınlıktır aslında, yaşamakta aydınlıktır baktığında. Eğer karanlık görüyorsan, karanlık ne yoldadır, ne yaşamakta. Gözlerin, kalbinin önünü temizledikçe görmezsin.

İşte aşk temizler azizim, ruhu da, kalbi de, gözlerini de temizler.

Aşk geldi mi ruh yaşamayı öğrenir.

Aşk geldi mi ruh inanmayı öğrenir.

Aşk geldi mi ruh İman eder.

Gerçek aşk imanı, ruhla bir eder.

Yaşamak mı istiyorsun azizim, Âşık ol da gel !

Bir gün bir genç, Mevlana'nın kapısına gelip;

"Beni müritliğinize kabul buyurun efendim" diyerek niyazda bulunur.

Mevlana gence bakar ve:

"Hiç âşık oldunuz mu evladım?" diye sual eyler.

Genç çok şaşırmış bir halde ne diyeceğini bilemez. Mevlâna, müritliğe kabul edilmesi için önce bir kulu sevmiş olması gerektiği söyler ve genci geri gönderir. Genç ne yapacağını bilemez bir hâl içinde ertesi gün tekrar tekkenin kapısını çalar ve isteğini yeniler.

Mevlâna sualinde ısrarlıdır ve genci tekrar geri gönderir.

Üçüncü gün genç dayanamaz ve Mevlana'ya bu isteğinin hikmetini sorar.

Mevlâna mütebessim bir çehreyle müride döner ve:

"Bir kulu dahi sevmekten aciz olan, nasıl yüceler yücesi ALLAH'a âşık olmaya yol bulur?

Bir kulun ateşine yanmamış gönül, yüceler yücesinin aşkını nasıl bilsin de yansın?

Sev de gel evladım, sev de gel..."

İşte azizim gerçek bir yaşamak mı istiyorsun, âşık ol da gel.

Gel ki,

aşkın imana dönüşsün.

İmanın ruhunu yaşatsın, varsın ölen beden olsun...

Gel azizim gel,

Âşık olda gel,

Çay gibi demlenelim aşkın içinde...

Gitmek

Ve ilk defa İstanbul gözüme büyüdü...

Eskiden koca İstanbul'da tek bir kişi vardı.

O vardı,

Şimdi, kalabalık içinde koca bir yalnızlık…

Bilmediğim yüzler ve sokaklar...

Ama sanki her sokağın adı hüzün, her sokağın adı yalnızlık...

Dibine kadar yalnızlık!

Bir yere otursak hiç kalkamayacak gibiyim.

Sanki yüreğim orada çökecek de nefesime, bir sen takılıp boğazıma duracak.

Kolay mıydı gitmek?

Canım dediğinden geçmek,

Senin için senden geçmek…

Kolay mıydı?

Madem hayatında canına can değilim artık kalmam niye?

Ağlamama kızardın dayanamadığından değil,

kendi vicdanından…

Şimdi korkmadan ağlıyorum...

...ağlıyorum çünkü bana kızacak bir sen yok.

Ağlıyorum hem de kimseye aldırmadan.

…tek korkum benim bu hayatta, artık Allah'tan.

Seni kaybetmekten kokardım, seni kaybettim.

Bulamıyorum canımı da kaybettim.

Şimdi sadece yaşar gibi yapmakta mesele.

Sadece ciğerlerime dolacak nefesi almakta mesele...

Kaç nefes daha sığarsa bu yorgun bedenime,

Kalan ömrü yaşamakta mesele…

Elimi tutmak seni utandırıyordu ya,

Sahiplenmiyordun ya...

Artık yokum.

Ihlamurlar yaprak dökebilir,

Kelebeklere benim ömrüm verilebilir,

Benim ömrüm bu dünya için bitti.

Gitti...

En Güzele

Şiiri nakış nakış işleyip beyaz bir kağıtta gelin etmek de varmış, içinden geçenleri sırlayıp gitmekte…

Hatta bir sevda şiirini beyaz bir kağıtta kefenlemek de varmış, şiir şiir ölmek de...

Hepsi şiirmiş ya,

İçini bir çayla ısıtıp

Yüreğinin soğuğuna inat

Şükür deyip

Eyvallah deyip

Gerisi kabullenmek de varmış.

En güzele (Allah cc.) sığınıp susmakta…

VesseLÂm!

Kimse göründüğü gibi değil, dilde ne varsa var,
Yürekte olmayınca hiç bir değeri yok!
Kimse bilmese de Allah biliyor böyle insanları, sahtecileri...
Allah kuluna Kâfi değil mi?
Biz böyle inandık, böyle bildik...
VesseLÂm!
İçimize ne çok şey attık VesseLÂm!
Sevdik sustuk,
Özledik sustuk,
Yandık sustuk.
İçimizi de Allah'a emanet edip yine sustuk!
(En güzel vekil Allah'tır.)
Huzurumuz bundandır.

Tek!

Bayım, sakallarınız şiir kokabilir,
Şiirleriniz ise sevdanın sokağına çıkabilir.

Hatta sevdanın kulağına ezan okuyup bir adını da siz vermiş olabilirsiniz.

Ama bayım, kalbi ılık olup ömür boyu bir kadının çayını içebilir misiniz?

Tek dem, tek taş, tek adam olup soyadını adıma ekleyebilir misin?

Öyleyse bir çay daha…

Bir kadın için;

Elleri umut,

Gözleri neşe,

Sesi huzur,

Kokusu cennet,

Varlığı canı olan bir şey varsa

bu dünya o da yavrusudur...

Kristaller Kırılmasın

Sesimi duyuyor musunuz?

Şuan okuyacağınız satırların sesini biraz açın. Yazacaklarım cinsiyet ayırt etmek için değil, genelleme yapmak için de değil, yüreğimize, gözümüze, sesimize dokunan bir şeylerden biraz bahsetmek için. Bir kadına Allah için nasıl bakılması gerektiğini biraz duyurmak için...

Bir kadın nedir?

Kadın önce insandır, candır...

Sonra bireydir, kişidir...

Eştir, aşktır, aşıktır...

Sevgilidir, yârdır...

Dosttur, dayanaktır...

Evdir, kucaktır...

Evlattır, çocuktur...

Annedir, cennettir…

Huzurdur, hüzündür…

Emanettir, kristaldir...

…daha sayabiliriz, hayattaki birçok boşluğu dolduran gerçeğin adıdır kadın olmak. Allah'ın değer vererek yarattığı, hakkettiğinde cennetin ayakları altında olduğunu söylediği kuldur.

Bu yüzden değerlidir. Çünkü kadın tek bir tanıma sığmayacak kadar çok şeydir.

Kadın şiirdir, güzel bakarsan gözlerinde seninle paylaşacak aşk vardır…

Kadın eştir, elini hakkıyla tutarsan seninle paylaşacağı huzur vardır…

Kadın candır, değerini bilirsen seninle paylaşacağı canı vardır…

Kadın annedir, hakkıyla dokunursan seninle paylaşacağı bir cennet vardır…

Kadın evlattır, şefkatle yaklaşırsan seninle paylaşacağı umutları vardır…

Kadın evdir, emeğini eksik etmezsen seninle paylaşacağı aşı vardır…

Kadın hüzündür, gözyaşlarına kıyamazsan seninle paylaşacağı duaları vardır…

Kadın emanettir, hakkıyla sahip çıkarsan seninle paylaşacağı ahireti vardır, ahiretliği vardır!..

Şimdi yüreğinizin sesini açın, Efendimizin (sav) hayatında aralayalım satırları...

Efendimiz (sav)'in eşlerini tanımlarken kullandığı tek bir kelime bile, zihninde onlar için ayırdığı yeri göstermeye yetecek değerdedir. Veda Haccı için yol alırlarken, güzel sesiyle şiirler okuyan ve Hz. Peygamber'in eşlerini taşıyan develerin hızlanmasına, dolayısıyla da hanımların tedirgin olmasına sebep olan Enceşe isimli köleye şöyle seslenmişti, Allah'ın Rasûlü:

- ***"Enceşe, aman kristalleri kırma! Dikkatli taşı!"***

Ruhumuzun özlediği sevgide saygının örneğini Efendimiz (sav) hayatında görüyoruz:

Hz. Aişe (r.a) anlatıldığı rivayet edilen : ***"Rasûlullah, hanımlarıyla baş başa kaldığında insanların en nezaketlisi ve güler yüzlüsüydü. Eve girişinde mutlaka hanımına selam veren Peygamberimiz (sav), geceleyin geldiği takdirde, uyuyanı uyandırmayacak, fakat uyanık olan bir kimsenin duyabileceği bir sesle yine selam vererek içeri girerdi."***

Emanetlerinize sahip çıkın, Veda Hutbesinden yükselen ses gibi...

Kadın çok şeydir, ama en önemlisi kadın başlı başına sevmektir. Şimdi kadın böyleyken can yakmak, elini kaldırmak, iğfal etmek, sokağa atmak, yapmak istemediği şeylere zorlamak, küfür etmek, bağırmak, aldatmak, öldürmek insanlığın neresinde yazıyor. Kadının da erkeğinde yapması gerekenler Kuran-ı Kerim'de ve hadisler ışığında zaten anlatılıyor. Hakkıyla bilip yaşamak gerek. Ve "erkektir yapar(!)" sözü çoktan tedavülden kalkması gereken bir söz. Erkeğe günah yoktur diye bir ayet inmedi...

Etmeyin azizim etmeyin,

Daha güzel bir yüz için,

Dünya malı için,

Sevdiğim dediğiniz kadını incitmeyin.

Ah'tır...

Günahtır...

Eylemeyin!

...emanetim dediğin gün,
ruhum ruhuna çoktan
satılmıştı güzel efendim!

Doksan Dokuz Kere Söyleyip Tek Bir Sevmek

Umudun bir tek tanımı yoktur,

Doksan dokuz kere ses vermelidir yürek,

Doksan dokuz kere söyleyip öyle tek bir sevmek gerek…

Acım var, acın var…

Kırıldığımız yerden çok inciniyoruz. Evet çok kez inciniyoruz. Ne çok umutsuzluğa düşüp yok olacak gibi hissediyoruz. Ölmek istiyoruz, yaşamak nedir bilmiyoruz.

Bazen incinmişliğimiz o kadar ağır geliyor ki, bir duvar dibine acılarla çömeliyoruz, başımız ellerimizin arasında ağlayıp 'neden' diyoruz…

Bazen bir pencere kenarında uzaklara dalan gözlerimizden süzülen bir kaç damla gözyaşında bu kadar özlemle ' ne yaparım?' diyoruz.

Bazen deniz kenarında dalgaların kıyaya vuran sesinde, içimizde oluşan gel-gitlere 'nasıl dayanırım?' diyoruz...

Bazen odamıza kapanıp, ailemizin, arkadaşlarımızın, herkesin bizi anlamadığını düşünüp, kendimizi bilinmezliğin kıyılarına atıp 'psikolojim bozuk.' diyoruz...

Bazen kalabalık sokaklarda dolanırken, etrafa bakınıp , bunca kalabalığın arasında yüreğimizi yoklayıp bu kadar yalnızlığı "kaldırır mı yürek?" diyoruz...

Bazen başımızı yastığa koyduğumuzda, önce güzel günler arkası yaşadığımız trajediler geliyor ve titreyerek ağlıyoruz, "yeter artık yeter!" diyoruz...

Bazen ekmek almak için sokağa çıkıyoruz, elimizle cebimizi yokladığımızda bir ekmek parası dahi çıkmıyor, başımız önde "nasıl yaşarım?" diyoruz...

Bazen bir ölüm oluyor, o çok sevdiğimiz, bakmaya doyamadığımız canı topraklar altına bırakmak zorunda kalınca, "bende öleyim!" diyoruz...

Bazen canım, solum, devamım dediğiniz insan bizi bahanelerin arkasına sığınıp terk ediyor, aldatıyor ve biz bir daha "nasıl nefes alırım?" diyoruz...

Ahh ne çok şey diyoruz değil mi, hakikaten bakınca dünya çekilir yer değil mi? Ee dünya bu kadar çekilmez bir yer iken biz dünyaya neden bu kadar bağlıyız? Neden her şeyi derken yürekten bir Allah deyip huzura kapı açmıyoruz.

Neden derdimizi, acımızı alıp bir seccade serip neden Allah' a anlatmıyoruz. Doksan dokuz isminde ömrümüzün tüm dertlerine şifası varken, uzak kalmak Rabbimizden niye?

Açılacak kapılar var önünüzde ama siz o kapılarda durup ağlıyorsunuz, yere oturmuş düşünüyorsunuz. Elinizle kapıya vurun. İçeriden zaten sesler geliyor, altından ışık sızıyor. Belki ilk vurduğunuzda açılmayacak ama doksan dokuz kere umut sözü var ve o kapı ya da daha iyisi er ya da geç nasipse açılacak...

Bekle…

Tek bir sözüm var artık söyleyeceğim:

- Allah yeter, vesseLÂm!

Allah'ım;

Doksandokuz kere söyleyip tek bir sesleniyorum Sana!

Toprağa düşen yağmur taneleri adedince yalvarıyorum huzurunda…

Kelimelerden geçtim, içimin en suskun yanları ile anlatıyorum derdimi…

Çünkü hiç bir kelimem Doksandokuzda tek bir sevmeyi anlatamaz ki…

Eğiliyorum Vav misali huzurunda,

Ömrümün harekesi eksik, nasıl ses vereceğimi bilmiyorum acılarıma.

Tek bildiğim,

"Elest-ü bi Rabbikum?" soruna

"Belal" diyeyim tüm kalbimle...

Olmadı!

Her şey o kadar basitmiş ki

Daha iyi görüyor insan, acısına uzaktan bakınca

Bir bitişte nerde kaldığını.

Güzel günlerin üstüne her gün toprak atıldığında anlıyor insan,

Ölmeden öldüğünü.

Yok Azizim sevmek bu değil!

Sevmek hiç bu olmadı.

Onca şeyin üstüne hele ki…

HİÇ olmadı!

Sizler Emanetim dediğiniz kadına, gönül efendim dediğiniz adama Allah nazarı ile bakın.

En güzel sevmeler Allah için olandır!

Sana Anlatsın

Yüreğimden yüreğine uçsun hep bu göçmen kuşlar! Satırlardan arda kalan ne kadar cümlem varsa sana anlatsın.

Şehrimden şehrine kaysın yağmur yüklü bulutlar!

Gözyaşlarımdan akıtamadığım ne kadar özlemim varsa sana anlatsın…

Ellerimden ellerine geçsin fesleğen kokulu dualar,

Dilimden söylemediğim ne kadar saklı aminim varsa sana anlatsın…

Düşüncelerimden düşüncelerine sızsın, gökkuşağı rengindeki umutlar!

Yüreğimden düşmeyen ne kadar hayalim varsa sana anlatsın…

Ahiretimden ahiretine birleşsin bu eller! Dünyadan bulamadığımız vuslatın hasını ahirette yaşayalım, anlayalım…

Ah Güzel Efendim!

Biz hep Allah'a emanet ettik...

Kırılsak da, incinsek de sevdiklerimizi emanetleri kaybolmayan Allah'a emanet ettik...

...gülü dikeni ile sevmek değil miydi mesele?

Ne çok sevdiğimizi söylüyoruz değil mi?

Ne çokta seviyoruz değil mi?

Yanlışını görene kadar!

O kadar çabuk geçiyoruz ki sevmekten, ağaçtan düşen yaprak gibi ağaca küsüyoruz. Hani o kadar seviyorduk ki asla vazgeçmezdik. Ne oldu, ne için vazgeçtik?

Aslında bahanelerin arkasına sığınıyoruz. Çünkü zaten sevmekten geçmişiz de, bir hatası ya da hataları yüzünden bitti, "Allah belanı versin, haram olsun hakkım, sen kimsin, vs."

gibi dilimizde sevmenin daha yüreğimizde dem tutmadığını gösteren birçok söz... En çok da bunu ben güzel seviyorum diyen insanlar yapıyor. Çok güzel söylüyoruz dilde de gerçekten hakkıyla seviyor muyuz önce kendimize bakmak lazım. Ben ne yaptım da biz bu hale geldik diyebilmeli gerçekten.

Allah için sevmediğimizden bunlar, hep bundan ortaya çıkan hezeyanlar...

İnsanın en aydınlık yanları vardır. Yüreğinin soluna koyduklarından belli olur bu yanı. Sözcüklerinden değil sözcüklerin dile gelene kadar aldığı demden, manadan belli olur. Öncelikle halis niyet dilde olmayandan, sonra davranışa sinen o edeple gelen sevmekten belli olur. Gerçekten sevende ne olursa olsun, cefayı görünce vazgeçmez. Ya da daha iyisi, daha güzeli için asla vazgeçmez.

Bir kişiyi Allah için seviyorsak, sadece Allah için vazgeçebiliriz. O da vazgeçince sevmekten değil, seni yanlışa sürüklüyorsa o sevgi yanında olmaktan geçmektir. Ama asla ona dua etmekten vazgeçmek değildir. Çünkü sevmişsen imtihan olarak araya ayrılık girse de kişi sevdiğinin kötü olmasını istemez.

Evet bedenen yanında değilim,

Gözlerine de bakamıyorum sevgili...

Ama kalbimin içine öyle bir manzara kurmuşsun ki sevgili,

Ruhum her gün izliyor seni…

Bir dua ile sarılıyorum sana, ellerim sarmasa ne çıkar!

Bu dünya için şimdilik bu da yetmez mi?

…varsın bu dünya
nasibimize ayrılık düşsün,
duanın yakınlığında
özlemek bile güzel seni sevgili!

Sesine Kuşlar Konsun!

İçinde bulunduğum hayata ait değilmiş gibi hissediyorum.

Bir yanım hep kırgın,

Ne kadar ince düşünsem, o kadar incinen ben oluyorum.

Çok şey değil, bir tebessüme saklayıp kelimelere öyle ses verselerdi, seslerine kuşlar konacaktı…

Bir adım daha mı?

Nereye?

Sahiden sevselerdi, gerçekten kalben nasılsın demezler miydi?

O yüzden nasılsın diyen önce gözlerimize baksın…

Saklıdır bizim en derin hüznümüz…

Sesine kuşlar konsun sevdiğim,

bilir misin her kuş kanadında sana yüklü dualarım var!

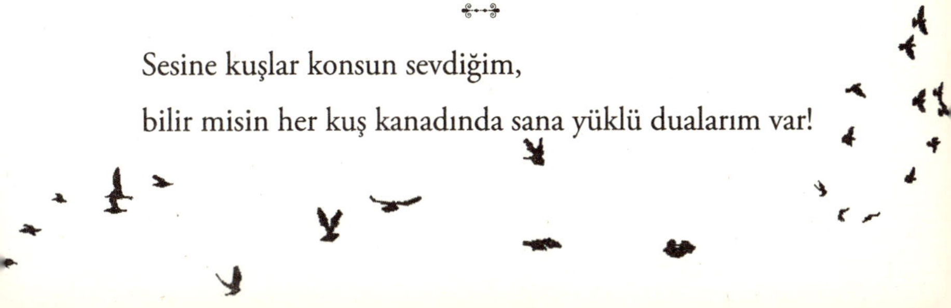

Ekmek Gibi

Hep eskiyi özlüyoruz değil mi güzel efendim?

Eskilerden dem vuruyoruz ama eskiyi yaşamak için ne yapıyoruz. Hep sözde özlemler, gerçekten kalbimizle özlemini duysaydık zaten eskideki gibi yaşardık değişen sevmelere inat...

Sahi eski bu kadar değerli ise, neden bu yenileşme çabamız? Tam da buradan kırılıyoruz aslında. Eskinin neyini özlüyoruz, yeniyi nasıl yaşıyoruz buradan baksak aslında göreceğiz. Eskinin sevmelerini özlüyoruz, emeğini özlüyoruz... Çünkü eskiden, eşyalar az iken birbirimizi seviyorduk, şimdi eşyalar çok biz birbirimizi sevmiyoruz. Unuttuk sevmeyi. Hem de öyle bir unuttuk ki, sevmelerimiz dışımız gibi değişti. Daha modern oldu sevmelerimiz, muhabbetimiz. Dokunmatik, çıkmatik aşklar zamanı. İşte bu dönemlerden geçerken düştüğümüz boşlukta 'ah o eski zamanlar' , 'ah o eski sevmeler' diye dem vuruyoruz...

Bilmem hatırlar mısın güzel efendim? Küçükken ekmeği yere düşürünce öper, başımıza koyardık. Ekmek nimetti, nimete saygısızlık olmazdı. O zamanlarda böyle severdik işte birbirimizi de, düştüğümüzde öper, yüreğimize koyardık. Gönlün nimetiydi, saygısızlık olur muydu? Şimdi bir lokantaya gidiyoruz. Ekmek yere düştü mü, direk çöpe gidiyor. Hatta yere düşmeyen fazla ekmek bile çöpe gidiyor. Çünkü biz ekmeği hakiki tadıyla yemeği unuttuk, şükrünü eda etmeyi unuttuk. Sevmelerimiz de öyle bir kere düştü mü, kaldırıp öpmek yerine, o sevmeyi hiçe sayıyoruz. Bitiyor hazzı, hakiki sevmeyi beceremedik diye. Aslında o sevgi bizi besleyen ekmek gibi iken o nimeti de yitiriyoruz. Şükürsüz sevip, şuursuz tüketip, sonra ah o eski sevmeler diyoruz.

Bâtıla açık şuuraltları, aldatan rüyalar görüyor, sahi sanıyoruz geçecek dünyayı. Geçmeyecek olan sevgiyken, ilk harcadığımız o oluyor. Daha modern yaşama kaygısıyla, vehametiyle daha modern seviyoruz, pazara kadar. Peki sen beni nereye kadar seviyorsun sevgili?..

Şimdi sorsan bana sevdiğim, "eskisi gibi sevelim mi ?"

Derim ki:

- Eskiden inançlar taze, sevmeler ekmek gibiydi. Ziyan olmazdı en küçük parçası bile. Şimdi inançlar eskidi, sözde kaldığından beri. Sevmekse zaten, çağın tüketim malzemesi gibi... Tükenmeyelim... Her şey eskisin ama biz eskimeyelim güzel efendim...

- Gel ekmek gibi sevelim, öpüp yüreğimize koyalım birbirimizi…

Gel ziyan olmasın tek sözümüz, tek bakışımız, tek nefesimiz…

Sonra kocaman şükürler edelim, Rabbime verdiği nimetlerden dolayı ki almasın bizden birbirimizi…

Ekmek gibi azizsin sevdiğim,

Nasıl öpüp başıma, yüreğime koymam ki seni….

Sevmek deyip, onu bile süslü kelimelerin arsına sıkıştırıp harcıyorlar.

O yüzden güvenmek mi?

Yok, azizim yok!

Yağmurdan kaçmak mı?..

Aşık sevdiğinden kaçar mı hiç?

Şükür Dildeki En Güzel Taddır

Nasıl tatlanıyor dilim her şükürden sonra, bilir misin güzel efendim?

Yaşamak denilen dünya hengamesinde, ağzımızda hep buruk bir tat kalıyor. O buruk tatla konuştuğumuz, yediğimiz, baktığımız hatta sustuğumuz bile acıtıyor içimizi. Hep eksik gibi geliyor. Bu eksikle hırslanıp dahasını, dahanın da dehasına meyil ediyoruz. Dünya bulaştıkça daha çok dünya oluyoruz. Yetmiyor artık hiç bir şey…

Beklemiş çaylar kadar buruk tat bırakıyor artık sevmeler bile…

-Sahi niye güzel efendim!

Bir atasözü vardır:

"Deli oğlun var, nidersin malı.

Akıllı oğlun var, nidersin malı."

Deli olunca, mal olsa bile, akıl olmadığı için birden kaybeder malı. Akıllı oğlun varsa, onun da babasının malına ihtiyacı olmaz. Çünkü aklı var. Allah murat etmişse onun malı olur. Öyleyse biz ne yapmalıyız güzel efendim?

İslâmiyet'i öğretmeliyiz evlatlarımıza. Ahlâkı öğretmeliyiz. Bunu şimdi yapan az. Tersine işliyor zaman. Allah bizi inananlardan eylemiş. Bunun şükrünü edâ etmek lâzım. Dilin zekâtı şükürdür. Çok şükür, bin şükür, milyon şükür, nihayetsiz şükürler olsun...

Koy elini kalbine,

Yum gözlerini, kocaman bir şükür çek aldığın nefesle...

Şükürsüz kalırsa dilin, eksik olmaz başından derdin!

Şükürsüzlük derdine dert ekler, hep en kötüsü çıkar karşına.

Ah güzel efendim Şadi Şirazi şöyle anlatır;

Bir hükümdarın oğlu attan düşmüş ve boyun kemikleri birbirine girmişti. Öyle ki, boynu, fil boynu gibi gövdesine batmıştı. Başını çevirebilmek için bütün gövdesini döndürüyordu.

Yurdundaki bütün doktorlar tedavisinde âciz kaldılar. Yalnız komşu ülkedeki bir doktor, başını eski hâline getirebildi ve damarlarıyla kemiklerini düzeltti. O doktor olmasaydı şehzâde sakat kalacak, belki de ölüp gidecekti.

Şehzâde iyi olduktan sonra, onu tedâvi eden doktor, şehzâde ve hükümdârı ziyarete gitti. Kadirşinaslıktan zerre kadar nasibi olmayan nankör hükümdarla vefâsız şehzâde, ona hiç yüz vermediler. Doktor, hâlini onlara belli etmese de, kendisine revâ görülen bu nâhoş muâmele sebebiyle bir hayli üzüldü, incindi. Hükümdarla şehzâde utanacakları yerde doktor utanarak başını yere eğdi. Kalkıp giderken şöyle mırıldanıyordu:

"Ben onun boynunu çevirip eski hâline koymasaydım, bugün yüzünü benden çeviremezdi."

Doktor, gördüğü bu hakâret karşısında, hükümdarla oğluna bir hikmet dersi vermek üzere şehzâdeye bir tohum gönderdi ve şu haberi yolladı:

"Şehzâde bunu buhurdana koyup yaksın. Çok güzel ve şifalı bir tütsüdür."

Şehzâde doktorun gönderdiği o tohumu yaktıktan sonra dumanından aksırdı. Aksırınca başı eskisi gibi çarpıldı. Hükümdârın emriyle doktoru çok aradılar, fakat bir türlü bulamadılar. Kendisinden özür dileyeceklerdi. Ne çâre ki, iş işten geçmişti.

Cenâb-ı Hakk'a şükürden yüz çevirme ki, yarın mahşer günü boynun bükük kalmayasın!

İşte şükür dünya yolculuğun en güzel tadıdır. Şükrü bilen, sevmeyi bilir. Allah'ı bilir, helak olmaz.

Seni yüreğime düşüren Rabbime binlerce kez şükürler olsun sevdiğim, yokluğunu bile ayrı sevdim.

Ötesini sorma bana,
ne söylersem mecnun misali yanarım.

Gönlünde Demlediği

"Sor bakalım çay içtiği biri var mıymış?"

Gönlünü gönlünde demlediği, gözlerinin gözlerine aktığı hayatına iki şeker kattığı biri...

İçini ısıtan biri, demek gibi...

Çay içtiği biri var mıymış?

Gönül dilini insanlar unuttuğundan beri sadece dilde seviyorlar...

Kokunu içine çeke çeke sevdiğim,
Seni özledikçe burnumun direği sızlıyor...

Kalbinden ses

Öyle tek taş değil,
Helal bir yüzük olsaydı,
Çiçek açardı yarınlar.
Sadakatin gözlerine kilit olsaydı,
Bir ömür dua olurdu yarınlar.

Her şey güzel olurdu, sözcükler dilinden değil kalbinden ses verseydi!

Ama olmadı!

* Belki bir gün gelirsin, çay ısmarlarım tüm sevenlere…

Bir İnsan

Güzel Efendim, ruhumun ses verdiği halim...

Hasatları has tartan terazi önüne geldiğimizde geride bıraktığı günlere bakıp da pişmanlık duymayacak az insan vardır. Bile bile lades oluyoruz çünkü. Etrafımıza baktığımızda göreceğimiz, kalbimize dokunduğumuz da hissedeceğimiz çok şey var.

Dünya çok kötü, insanlar kötü deyip çıkamayız işin içinden!

Biz değişmedikçe dünya da değişmez!

Vicdanlarımız sessiz kaldıkça, dillerimiz ne kadar konuşsa fark etmez!

Ellerimizi duayla kaldırmadıkça ayaklarımızı hayra koşturmadıkça sağlam olsak fayda etmez..

Bir bardak çayı şükürsüz içtikçe tat almışız, almamışız fark etmez...

...işte hayat tam da böyle, bir insan değişir; bir dünya, bir ömür değişir!

Evet, bugüne kadar olan oldu.. Lakin bundan sonra olsun, niyetlerimizi bir kere daha gözden geçirmeli, dileklerimizi iyi tutmalı ve geleceğimizin ziyan olmaması, gözyaşıyla sulanmaması için hâl ehli üzerine olup, içimizde oluşacak ben ne yapabilirim boşluğunu ortadan kaldırmaya çalışmalıyız. Sahip olduğumuz inançla zamanın ölü noktalarına bile hayat üflemeli,elimizden geldiğince daha güzel yarınlar için çaba göstermeliyiz.

O yüzden önce niyetimiz halis olsun, sonra duamız varımız olsun, tevekkül ile adım adım daha güzel yarınalara...

Allah için sevdiğim, gel Aşk-ı tevekkül edelim,

Ötesi yakışmaz bize...

Eyvallah

Bizim sesimiz çıkmaz, öyle bağırmak nedir bilmeyiz.
İnciniriz,

Ağlarız,

Uyuyamayız belki acıdan

Yine de ah (beddua) nedir edemeyiz!

Sarılır yatarız duamıza,

Uyanacağımız varsa bir sabaha daha...

Biliriz ki;

Kimsesiz sandıkları bu canın da sahibi Allah.

Ortada bir haksızlık varken susanların sahibi de Allah.

Sesiniz şimdi çıkmıyor ya, keyfiniz yerinde ya başınızı koyduğunuz yastığınız var ya…

Olsun!

Bugünün yarınları da var, haberiniz olsun!

Hakkımız mı var karşı taraf bunu anlamayacak kadar kalbi körse Hakk'ımızın hesabını Allah'a bırakırız!

Eyvallah mı? Asıl şimdi Eyvallah!

Çay

Çayı çok içiyormuşum.
Evet bizde yalan yok.
Çayyaşım!
Ama bilmiyorlar ki
Çay içmek, özleminden dem vurmak…
Çay içmek bugüne mana, geleceğe ümit katmak…
Anlamak gerek çayın sadece sıvı olmadığını!
Anlamak gerek yüreğe sızan bir yanı olduğunu!

Uzaklar

Uzakta çok uzakta...

Gözlerim kapalı, zihnimi yoran her şeyi unutmak istercesine,

sadece yağmur sonrası kalkan o toprak kokusunu içime çekiyorum.

Tertemiz bir dünyaya gözlerimi açacakmışım gibi umutla...

Sabırla...

Şükürle...

...ve yağmur yine geliyor, koş bizim duamızın demlenme vakti. Gözlerim bir sana açılsın!

Bazı şeyler o kadar dilimin ucunda

olmasına rağmen susuyorum.

Uzaklar diyorum, uzaktalar diyorum...

İçimde ne varsa Allah'a bırakıyorum!

Ahh gece ki katran karası.

Ne söylesem yürekte yarası!

Yazsam geceye;

Sağım acı, solum acı...

GECE

Hüznü kucaklayan bir gece daha…
Yıldızlar serpiştiriyorum gece gibi siyah düşüncelerime.
Biraz aydınlık, bir İnşirah suresi eşliğinde…
Allah diyorum..
Ve geçecek biliyorum ruh bedeni terk edince.
O yüzden Allah azzê ve cêlle…

Fesleğen Kokulu Mektup

Adı güzelim diye başlamıştı mektuptaki şiirine. Fesleğen kokulu bir şiirdi bu!

Kuşlar satırların arasından ses veriyordu. .

-son satırları ise –"bir söz var ya :

"ben seni sevince tüm kadınların cenaze namazını kıldım' diye ama bende öyle değil, ben seni görünce hiç bir kadın ölmedi, sanki zaten onlar yokmuş gibi hissettim." diye yazmış ve emanetim diye bitirmişti.

Aşka o zaman inanmıştım.

Ama asıl aşkı benden gittiğinde anladım.

Ağlayarak uyandığım gecelerde, nefessiz bir şekilde hala adını sayıkladığımda anladım. Acımın beni öldüreceğini zannedip, koşarak abdest aldığım gecelerde anladım.

Yazmayacağım artık seni deyip, ilk yazdığım sen olunca anladım.

Adını anmayacağım dediğimde, tüm sözcüklerimi yitirmiş gibi sustuğumda anladım.

Zamanla geçer dediklerse de, içimi her gün delip geçtiğinde geçmediğini anladım…

Özlemek kelime manasının çok ötesinde yok olup, yok olup yaşamakmış onu anladım…

Anladım ki,

Seni sevmek geçmeyenmiş, seni sevmek Allah'ı sevmekten geçermiş.

Seni sevdikçe ben Allah'a sarıldım.

Yokluğunu avutacak tek gerçek Rabbim'di, Anladım!

Anladım ki, bu aşk yüreğime yazılandı, kazınandı… ardında asıl geçmeyecek olan aşk vardı.

Rabbi vardı.

Anladım ki,

Sen benim, geçemeyecek olan acımdın, bu dünya da.

Anladım ki, geçmedikçe de Rabbe yürüyeceğim yoldun bu dünya da…

Umut Kapısı

...Yağmurlu bir gece getirdi sabahı, mis gibi toprak kokusuyla. Eksik olmadı hüznümüz, duamız. Solumuzdan sessiz dualar saldık Mevla'ya. Allah'a emanet ettik içimizi. Ve yine kulağımız sabah ezanını duydu şükür. Şimdi böyle iken kapanır mı hiç umut kapısı efendim.

'Söyle gökyüzü anlatmıyor mu sevdaları? Nasıl da dağılıveriyor bak karanlık. Güneş nasılda bir namaz sonrası daha inanan insanların hürmetine ısıtıp aydınlatıyor.

Şimdi nasıl yol karanlık, umut yok derim?

Hacı Bektaş Veli ne güzel de anlatmış bir sözle:

"Bir yolu karanlık görüyorsan bil ki, perde gözündedir yolda değil..."

Bazıları vardır dilleri söyler, bazıları vardır yürekleri söyler.

Dilin sözlerini çok işittik,

Yürekten ses verenler gerek bizlere!

Sondaki Sır: Ölüm

"Her nefis ölümü tadacaktır."
(Ali imran suresi -158 /Ankebût- 57)

Ölümü tatmak..

Yaptığın yemeği tatmak gibi:

Sen yemeğini çürük sebzelerle yapıp, bir de içine kurtlanmış bir et koyup yiyebilir misin. Söylerken bile midemiz bulandı değil mi ? Peki lezzetli midir, güzel kokuyor mudur? Elbette lezzetsizdir, yiyemezsin. Sevmezsin o yemeği, kim sever ki?

Ama yemeğini o mis kokulu taptaze sebze ve etle yaparsan yemeğin bir harika olur, öyle lezzetlidir ki yedikçe yiyesin gelir. Çok seversin, herkes sever.

Şimdi tam da bunun üzerine nasıl yaşıyoruz bir düşünelim. Namazsız, Kur'ansız, ihlassız, yalan ve dolanla biten bir ömrün ölümü tatlı olabilir mi?

Cevabı ne kadar iyi biliyoruz değil mi?

O zaman ölüm lezzetsiz olacak.

Allah'ı gerçekten sevseydik lezzetli olacaktı ölüm. Bir ziyafet bir düğün gibi…

En sevgiliye...

Ölen bedendir.

Ruh yaşar.

Lezzetli tadı da, acıyı da tadacak odur.

Ölüm de bir uykudur, uyandığımız da uyanışımız Hakka olsun.

Tadımız olsun.

-Nasıl yaşarsan öyle ölürsün, nasıl ölürsen öyle haşr (dirilmek) olunursun.

Ölüm herkesin bildiği ama bilmemezlikten geldiği bir sırdır. Korku ile boş vermişlik arsında bir yerde ölümü saklarız çoğumuz. Sanki hiç kapıyı çalmayacak biri gibi. Düşüncelerimizde ölümü ertelesekte, ölüm ertelenmez. Ölümü erteleyeceğimize yaşantımızdaki yanlışları düzeltmeyi denesek, hakkıyla sevmeyi denesek, ölüm gelmeden biz kendimize gelsek aslında. Ölüm bir sırdır, bildiğimiz ama bilmemezlikten geldiğimiz. Bu sırra erenler, yani kalbiyle ölümü bileneler kurtulur. Çünkü ölüm bu dünyayı hakkıyla yaşayanlar için çok güzel bir başlangıçtır. Düğündür, vuslattır Rabbe kavuşmaya…

Söyleyin yare öldüğümde ağlamasın,

Toprakta başlayan öykü elbette toprakta bitecek…

Söyleyin yare öldüğümde bilsin,

Toprak olunca bağrımda, çicek açıp bitecek…

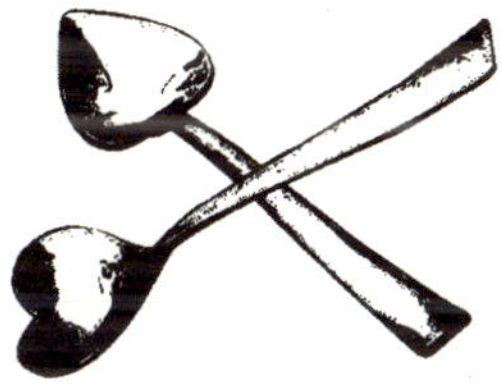

Can ile Canan

Can ile Canan çay k'aşıkları anlatır bazen aşkın dem halini...

Can,

Aşık yanımızdı.

Canan ise;

Aşka yazılan yanımız.

Birlikte dem tutsunlar diye çaya karıştılar aşkla.

Karıştıkça,

her dem sıcak bir muhabbet sarmaya başladı k'aşıkları,

Muhabbetle dem tutmaya başladıkça da, başladı semaları...

Çayın içinde dönmeye başladılar,

Önceden şekerle tatlanan çay, artık şekere ihtiyaç duymuyordu.

Can aşkla, Canan'ın etrafında dönüyordu,

Can yorulunca, Canan karışıyordu, çaya, aşka…

Aşkla tatlanmayan çay mı olur,
Aşkla tatlanmayan muhabbet mi olur…

Şiir karışıyordu çaya bu aşkla,
Muhabbet sızıyordu çaydan dudaklara…
Can ile Canan k'aşıkları aşkın demiyle dem tuttukça,
Tüm kelamları unuttular.
Gönülden gönüle sessiz muhabbetleri demlemeye başladılar.
Gönül lisanı, Hak lisanı olunca söze hacet yoktu,
Dem ile aşk dediler son söz vesseLÂm!
Çaya karışmaya devam ettiler
Karıştıkça muhabbetle, aşkla kalp şeklini aldılar…
Aşkın deminde artık onlar,
Can ile Canan'dı…

Bir bardak çay bazen o kadar değerlidir ki,
geçen zamana inat kalbi canlı tutar!

Git

Git !
Güvenmek istemiştim, solunun solumun olduğuna...

İnanmak istemiştim, bu sevdanın bizim olduğuna...

Yine ben yanıldım,

Yine ben yandım.

Her güne gözyaşım düştü,

Her adında duam sakladı bendeki seni.

Ama git,

Sevsem de git.

Yoksa ben öleceğim...

İnce bir düşüncenin sızısı bu,
Her cümlemde önce kendimi vuruyorum.
Sonrası mı,
...boğazıma düğümlenen bir kaç nefes,
gözlerimde kaybolmayan bir buğu
ve Yâ Şafi deyip susuşlarım...

Siyah Ve Beyazın Hikayesi

Duygularımın rengine sen adını verdim. En çok da siyaha sende karıştım. Aslında bir sevdada ayrılık varsa ya siyaha ya beyaza en çok karışıyor. Ama ben en çok siyaha karıştım sende iken.

Yakınken uzaklığın tanımıydı sendeki siyahlığım, çünkü gerçek değildin sen, tanıdıkça seni, kendi yalanlarına inandığını gördüm. Yaraların vardı, biliyordum. Acını bölüşmeye talip oldum, acını acım, ömrünü ömrüm saydım. Her adımımı aşkla attım. Yüreğimi serdim ortaya; varsın, bu sevdanın hikmetine yol olsun. En çok aydınlık yanlarını sevdim, benleyken ortaya çıkan gülüşündeki o ışıltıyı... Yüreğinde bazen ortaya çıkan o çocuğa inandım, öyle hüzünlü gözleri vardı ki, o hüzünde bir umut olmak istedim.

Tüm renkleri sende temize çektim, sendeki renklerle boyanmak için. Senin rengin olmak istedim.

Allah diye çıktığımız, adımlar attığımız bu yolda her adımı senle istedim.

Ama senle siyaha karıştım.

Helal sevda olmadıkça siyaha karıştım.

Sen tuttuğun eli Hak için tutmadıkça ben daha da siyaha karıştım.

Aşkın grisinin olmadığını sende öğrendim, sende doğrularım değişti, yalanlarında boğuldum.

Çünkü "aşk ya vardır ya yoktur" der, güzel yürekler!

Öyle de sen hep beni bu dünyada Araf'ta bıraktın, sancılı gecelere, huzursuz saatlere, pişmanlıklara terk ettin..

Ben huzuru sende bulmuşken sen huzuru değil, huzurun sözcük anlamını anlatmayı seçtin.

Var gibi yaşamaya çalışırken, yok olduğunu görmedin.

Sözlerden önce manayı bilmeli kalp, sözden önce özde yerleştirmeli ki aşkı, ziyan olmasın yaşanan şu kısa hayat.

Ama sen huzurum dediğin yeşil denizini de, siyahla kirlettin. Gözlerim artık yalan bir sevdaya bakıyordu. Yeşili, yeşilini değil, umudunu, güvenini yitirmişti. Görmedin, görmemeyi tercih ettin.

Sevdamıza (bana) sırtını döndün, daha başka güzel yüzleri gördükçe. Hakkı konuşmakla, Hakkı yaşamak bir olmuyor. Yüreğimiz nasiplenmedikçe iyice siyaha karıştık. Canın seni sevmekten öte bir noktası vardı, o da Hakkı sevmek, Hakkıyla sevmek…

Biz bunu yapamadık. Sen hakkıyla tutmadın elimi, ben hakkıyla uzatamadım elimi. Öyle emanetim kelimesini kuru cümlelerde tükettin…

Emanetine sahip çıkmadın.

Ayrılıklar bu dünya içindir dedim, Hak olmadıkça bir olunmaz diyerek beyaza talip oldum.

Önce simsiyah kağıtlara bembeyaz hayaller yazmaya çalıştım.

Ayrılığın acısını hissetsem de, haram bir sevdadan öteye geçti helâl yalnızlıktaki sen sevdam.

Ne yaptıysam olmamıştı.

Ahir zamanda haram olanı terk etmek de hicret sayılıyordu ve ben gönlümün hicretini uzaklığındaki helal sevdaya bildim (Bu dünyada nasip değilse bile ahirette ensarım ol yâr!).

Ne adım attıysam arkası hep hüsran oldu. Bir tebessümüne ömrümü verecekken sadâkati eksik yanınla benden geçtin.

Emanetinden geçtin.

O yüzden ayrılık da olsa beyaza talibim artık. Helal yalnızlığın beyazında seni sevmeye... Çünkü hiç bir haram yakınlık, helâl yalnızlığın huzurunu vermiyor. Acı da olsa ayrılığım beyaz kefenle de sarılsa ben beyaza talibim.

Ayrılık ölüm gibi de olsa yine ben beyaza talibim.

Beyaza karışsın ömrümüz!

Hakka karışsın sedamız!

Nasipse helal bir şekilde, ya bu dünyada ya ahirette yeniden birleşir zaten ellerimiz.

Bu dünyadan öte cennetteki vuslata talibiz.

(Bu sayfa sen de Bismillah deyip
bembeyaz hayallerini yaz diye boş bırakıldı.)

Simsiyah kağıtlara bembeyaz hayaller yazacağım!

Not: Siyahın içinde beyazı görmek istiyorsan, her daim inancını taze tutmalısın. Allah her zaman ışığı gösterir.

Biliyor musun en güzel umutça yazıyorum seni,

Ama tüm kelimeleri aşkça okuyorum. Çünkü ben hayatı "sence" yaşıyorum.

Allah'ın hikmeti işte, seni seviyorum…

Aşk Tek Bir Tanıma Sığar mı?

Ah güzel efendim;

Sevmek nedir, aşk nedir diye ne çok sorup kendimizce tanımlar üretiyoruz. Ve kendimizce ürettiğimiz bu tanımların dışında ki sevmeleri eksik görüyoruz, kusur görüyoruz. Daha doğrusu en güzel sevmeyi aramak yerine başkalarının sevmelerine takılıyoruz.

Aşk tarife lisan yetseydi, yüreğimiz sessiz sessiz konuşur muydu, bilmediğimiz bir dilde.

Sevmek tek bir biçimde olsaydı, fabrikadan çıkma o cansız bedenler gibi olmaz mıydı?

Güneşi kimi ısıttığı için sever, kimi aydınlattığı için sever, kimi büyük olduğu için sever, kimi ikisi, kimi hepsi için sever. Önemli olan nasıl sevdiğidir. Gönülden duyulan aşkı hiç bir kelime anlatamaz.

İstersen dünyanın en geniş dimağına sahip olalım, istersek dünyanın tüm lehçelerine konuşalım, bir gönülden seviyorum diyemiyorsak neye yarar onca bilmek...

Onca söylemek...

Mesnevi'de sözle öz hakkında şöyle bir hikaye nakledilir:

Musa aleyhisselam yolda bir çoban gördü. Çoban şöyle dua ediyordu:

"Ey kerem sahibi Allah! Nerdesin ki sana kul, kurban olayım! Çarığını dikeyim, saçını tarayayım! Elbiseni yıkayayım, bitlerini kırayım. Ulu Allah, sana süt ikram edeyim. Elini öpeyim, ayağını ovayım." O çoban buna benzer şeyler söyleyip duruyordu. Musa aleyhisselam;

"Kiminle konuşuyorsun?" diye sordu çobana.

Çoban;

"Bizi Yaradanla, bu yeri, göğü yaradanla," diye cevap verince, Musa aleyhisselâm dedi ki:

"Vah vah! Sen sersemlemişsin. Bu ne saçma söz, bu ne küfür, bu ne olmayacak şey? Ağzını tıka. Sen bunları kime söylüyorsun? Amcana, dayına mı?" Çoban;

"Ya Musa, ağzımı bağladın, şimdi pişmanlıktan canımı yaktın," dedi. Elbisesini yırtıp yana yana bir ah çekti, başını alıp çöle doğru yola düştü.

Bu arada Allahü Teâlâ'dan Musa aleyhisselama şöyle bir vahiy geldi:

"Kulumuzu bizden ayırdın. Sen birleştirmeye mi geldin ayırmaya mı? Ben herkese bir karakter, bir yapı verdim. Onun için övmek olan sözler, sana kötülüktür. Ona göre baldır sana göre zehirdir. Bilmez misinki biz söze bakmayız, gönüle bakarız, öze bakarız."

Şimdi ne söylersem söylediğim güzel efendim,

Sözde noksan kalırım,

Ne söylersem söyleyim, acizimle her kelimede sana dolanırım.

Aşk önce sevmektir;

Sözde değil özde sevmektir,

Söze değen kalbin lisanı olunca ne söylese zaten güzeldir...

Sözümden öte özümde sevdiğim, ben hiç bir kelimeyi sensiz dilime değdirmedim...

...nereye gidersen git, sevda yüreğinde olunca, her yer aynı şiirin farklı kelimeleri!

Allah'ı Sevmeyen Kimseyi Sevemez!

Allah'ı sevmeyen kimseyi sevemez ötesini sorgulayamıyorum. Yalnız, herkes dönüp bir kendine baksın. Bugün varsan yarın yoksun!

Sanal alemin, sanal ilişkileri şeklinde başlayan insanlığın yıkımı!

Geldiğimiz en son iğrenç noktalardan...

Sonra insanlığın kayıplarda olduğu diğer noktalara bakıyorum!

Aslında adını bile koyamıyorum, sadece baktıkça gördükçe canım yanıyor. Özgürsünüz değil mi? Eşcinsellikte özgürsünüz.

Sanalda istediğinize yazmakta, bakmakta özgürsünüz.

İstediğiniz adamla kadınla birlikte olmakta özgürsünüz.

İstediğiniz günahı işlemekte özgürsünüz!

Sapıklığın dibine vurup yaşlılara, kadınlara, erkeklere, kızlara, çocuklara, hayvanlara tecavüz etmekte özgürsünüz değil mi?

Ah özgürüsünüz!

Siz özgürler dünya hayatı bitmeyecek mi sanırsınız, siz canınızın istediğinizi yapanlar, canınız çekilmeyecek mi sanırsınız?

Ve ölmekle kurtulacağınızı mı sanırsınız?

"Yoksa günah işleyip de kendisine ölüm gelince: "İşte ben şimdi tevbe ettim." diyen kimselerin tevbesi kabul edilmez. Kâfir olarak ölenlerin de tevbeleri kabul edilmez. İşte bunlara ahirette can yakıcı bir azap hazırlamışızdır." (Nisa Suresi)

"İşte onlar, hidayeti verip sapıklığı, affedilmeyi bırakıp azabı satın alan kimselerdir. Bunlar, ateşe karşı ne kadar da sabırlıdırlar!" (Bakara-175)

-Ne acıdır ki artık sevme şeklimiz bile teknolojik hale geliyor.

Aslında sevememe şeklimiz. Kalbinde zerre Allah sevgisi, zerre Allah korkusu olan insanların yapamayacağı şeyler bunlar.

İnsanların geçmişten günümüze değişen toplum şekillerine göre sapıklıklarını biliyoruz. Onlar helak olmadı mı ki sanal alemde üzerinde devam eden bu sapık zihniyetler helak olmayacağını mı sanır?

Lut Kavmi : Hani Lut da kavmine şöyle demişti: "Sizden önce alemlerden hiç kimsenin yapmadığı hayasız-çirkinliği mi yapıyorsunuz? Gerçekten siz kadınları bırakıp şehvetle erkeklere yaklaşıyorsunuz. Doğrusu siz, ölçüyü aşan (azgın) bir kavimsiniz." Kavminin cevabı: "Yurdunuzdan sürüp çıkarın bunları, çünkü bunlar çokça temizlenen insanlarmış!" demekten başka olmadı. (Araf Suresi, 80-82)

...her şey bu kadar açıkken, aldattığını sanan aldanır. Allah ıslah etsin!

SEN

Seni hatırlamak,

Küçükken güneş üzerine gülen surat yapmak gibi içimi ısıtıyor.

Seni hatırlamak,

Dağların arkasından getirdiğimiz o mavi derede balık tutmak gibi huzur veriyor.

Seni hatırlamak,

Yaz, kış bacasından duman eksik etmeden çizdiğimiz evlerde yaşamak gibi sevinç veriyor.

Seni hatırlamak,

Ve hep bir yağmur sonrası gibi çizdiğimiz o renk renk gökkuşağına bakmak gibi heyecanlandırıyor.

Çünkü seni hatırlamak,

Umut etmek.

Çünkü seni hatırlamak,

İnanmak...

Küçükken kurduğumuz hayaller kadar içten bir inanmak...

Düş Kurarken Düşünce /Ramazan Hatırası

Şu mübarek günlerde hüznümüze hüzün ekleniyor. Şeytanlar bağlı olmasına rağmen nefislerin şeytanla yarıştığını görüyoruz!..

Böyle sevmek olmaz,

Böyle yaşamak olmaz,

Böyle iğrençlik olmaz!

Dünyada her şeye vaktimiz var,

Savaşmaya...

Cebimizi doldurmaya...

Haz almaya... (hak olmayan her şeyden)

Canlara kıymaya...

Can yakmaya!

Ama bir durup düşünmeye, yaratılışını, Yaradan'ı düşünmeye vaktimiz yok.

Yok işte vaktimiz, durup düşünüp ince şeyleri anlamaya.

Maskelerimizle yaşamaya alıştık nasıl olsa!

Hele ki ilerleyen teknoloji ile Allah'ı bile sanalda seviyoruz.

Birbirimizi de ne çok seviyoruz...

Öyle değil mi?

Seven sevdiğine ne yapmaz peki?

Basit bir soru…

-Ne yapmaz ?

Üzemez, kıyamaz, aldatamaz, yalan diyemez, bekletemez, kırılmasına izin vermez… değil mi?..

Veremez!

Ee peki, Allah'ı seviyoruz.

- Bunların hangisini yapmıyoruz?

Geçmiyor

Gittiğin günden beri
Boğazımda düğümlendi adın,
Geçmiyor!..

Her nefeste bir seni özlemek hali…
Her nefes bir seni söylemek hali…
Geçmiyor…

Kalem yazıyor da, yazdığım sana bakamamak var ya,
Yüreğimin en çok söylediğini haykıra haykıra susmak var ya,
Özlemekle…ölüm arasında nefes almaya benziyor!
Geçmiyor!
Saatler seni özlemekten öteye geçmiyor…

…geçmiyor anlıyorsun değil mi?

En Uç

En uca yazdım kendimi…
Son yazımı yazar gibi…

Işıkları söndürdüm,

Tüm sesleri sildim kulağımdan,

Yasin tilavetini en yüksek sesle açtım…

Çünkü kalbim iyileşmeliydi, Efendimizin hadisinde buyurduğu üzere :

"Her şeyin bir kalbi vardır. Kur'ân'ın kalbi de Yâsin'dir. Kim Yâsin'i okursa, Allah onun okumasına, Kur'ân'ı on kere okumuş gibi sevap yazar." (Tirmizî)

Yasin Kuran-ı Kerim'in kalbimdi, benimde kalbim hastaydı. Eksikti. Atıyordu ama atışında huzur vermiyordu. Yaşayan ölü bir kalbe sahip miyim diye düşündüm. Bu yüzden en uca yazdım kendimi.

Uçurumun en kenarına yazdım beni…

Kelebek misali çırpındım satırlarda…

Kalbime şifa lazımdı, şifa da Allah'tandı…

Ona yönelmedikçe hep eksik bir nefesti aldığım.

Bilirsiniz biri hastalandığında ölümüne yakın Yasin suresi okunur başında, kalbimin dirayeti artsın, iman gücü kuvvetlensin, Allah' a yönelsin, tekrar dirileceği güne hazır olsun diye…

Bir hazırlıktır, Hak ile kavuşmaya…

İşte benim kalbimde can olarak ölmese de dünyaya karıştığı, ziyana karıştığı için ölüyordu. Bu yüzden en uca yazdım kendimi…

Kalbim yeniden dirilip Allah'a yönelmeliydi.

İçimdeki boşluk dolmadan boşluğu anlamayız ya, Yasin Suresi okundukça kalbime nefes doluyordu. Suyun altında uzun süre nefessiz kalıp, birden nefes almak gibi birden yakıyordu genzimi, kalbimi… Çünkü o kadar uzun süre nefessiz kalmışım ki yanlışların içinde, yeniden ayet ayet can bulmaya başladı kalbim…

Bu yüzden en uca yazdım kendimi,

En uçtan tekrar en başa dönmek için…

En ucu görüp, en ucu gördüğümde pişman olmamak için…

Kalemi aldım elime ,

En uca yazdım kendimi…

Araladım Kuran'ın kalbini,

Buldum benden öte bendeki beni…

Kalbime çok dokundu bu sevmek,

Her gün belki diye nefes alıp vermek…

Gözlerim gözlerinin menziline girmişken, kalbim kalbinin menzilinden çıktı…

Sonra,

Sahi dedim seviyorsan, kalbim niye ölüyor,

Niye?

Yanlış seviyordum,

Belki yanlışı değil; ama yanlış seviyordum…

O yüzden en uca yazdım kendimi…

Bu sevmeyi temize çekecektim,

Satır satır yeniden yazmaya başladım seni kendime…

Işıkları söndürdüm,

Yasin Suresinin sesini sonuna kadar açtım. (Mehmet Emin Ay hocamızdan)

Niyet ettim kalbime, huzur diye yazılmayan ne varsa silmeye…

Niyet ettim, acı da olsa huzur veriyorsa seni sevmek, ahirete kadar beklemeye…

Kalbimin şifası ol gel sevdiğim,

…seni en uca değil, tam kalbimin ortasına yazdım!

Sana, Seni Anlatmak

Bazen uzun uzun yazmak yerine uzun uzun anlatmak istiyorum,

Bir gün tevafuklar yeniden bulursa bizi,

Uzun uzun anlatmak isterim sana, seni…

Gözlerinin kahverengi zirvelerine nasıl tırmandığımı anlatırım,

En temiz nefesi orda bulduğumu…

Şehrinin şiir kokan sokaklarının birinde,

bir ayak sesi duyup arkama döndüğümde rastlamayı umduğum sana her şeyi anlatmak istiyorum …

Yokluğunda sakallarının şiir kokusunu özlediğimi,

Çayı neden şekersiz içtiğimi,

Yağmurlarda nasıl sırılsıklam olduğumu,

Geceleri uyuyamadığımı,

"Kül hece" şarkısını asla unutmadığımı,

Namaz sonrası en çok neden ağladığımı,

Duama en çok kimi kattığımı,

Sol elime sürekli neden eldiven taktığımı,

Bu dünyada yağmuru, çayı ve bir de seni ne kadar çok sevdiğimi,

anlatmak isterim, uzun uzun, soluksuz seni anlatmak isterim…

Belki sözcüklere bile gerek kalmaz,

Gözlerime bak yeter,

Aşkın bende sana benzediğini göreceksin!

Söz Tutmak – Unutmak-

"Verdiğiniz sözleşmeyi tutunuz. Çünkü verdiğiniz sözlerden sorguya çekileceksiniz."(İsra Süresi 34)

Ahde vefa, nedir bilir misin güzel efendim?

Bilseydin beni böyle bırakır mıydın?

Gidişinle böyle yıkar mıydın?

Bir ömür söz vermemiş miydin, yeminler etmemiş miydin ki solumu sensiz,

canımı nefessiz bıraktın.

Gidişinle çok şeyi öğrendim, kurduğu hayallerin sona erdiğini kabul etmeyi öğrendim.

Yanlış, haram bir sevdada vefâ gibi doğruyu beklememeyi öğrendim.

Yanlışımı gördükçe, tövbeyi öğrendim.

Bi Lâ çektim bu aşka, bu aşkla gerçeği konuşmasını öğrendim.

Sevda doğru yazılsa da yanlış okunuyorsa, Allah için bir sonuç çıkmıyorsa nasıl hayır bir sonuç çıkmayacağını öğrendim.

Senle yanışım senden öteye geçtiğinden beri, gül bahçesinde durup, dikenlere isyan etmemeyi öğrendim.

Çok kanadım, ama şükrün tadını öğrendim.

Onca şeyin üstüne bu şekilde olmamalıydı veda bile, vefalı olmalıydı gidişimiz bile, vefasızlığında öğrendim.

İmtihan deyip geçerim ben, yâr;

Sen verdiğin sözlerin, yeminlerin emeklerimin hakkını nasıl ödersin. Allah yardımcın olsun güzel efendim. Allah senden razı olsun. Biz bu şuana kadar hakkıyla sevmeyi beceremedik, kalan ömrümüzü Rabbim hayr kılsın.

Evet bazen isyanlara karışıcak duruma geldim.

Ama adına hep bir Lâ çekip öyle söyledim.

Kalbimden sana kötü bir söz ben hiç değiremedim.

Sevmek ahde vefa gerektirirdi.

Varsın bensiz gülüşlerin olsun, varsın tuttuğun el ben olmayım. Ben seni sevdireni sevmişim, ben zindanda iken Hz. Yusuf misali, sen Züleyha olup hür mü olacaksın!

Duamdır, Rabbim seni hür kılsın, söyledim ya ben varlığından öte sevdim. Okursan sevgili yazdığım satırları, elini kalbine koy en büyük sevgilinin sözlerini yazacağım sana. Efendimizle aralayacağım satırları;

Peygamberimiz (sav) verdiği sözde duran, yaptığı anlaşmaya bağlı kalan en büyük insandır. Yaratılmışların en güzeli, Rabbim ebeden O'ndan (sav) razı olsun. Bu hususta dostunu da, düşmanını da ayırt etmemiştir ki biz sevdiğimizi ayırt edelim. Dostuna verdiği bir sözde durup, onu yerine getirdiği gibi, düşmanlarıyla yaptığı antlaşmaya da sadık kalmış, her ne pahasına olursa olsun, aykırı hareket etmemiştir. Ben sözümde duruyorum sevgili, varsın ömrün bensiz güzel olsun, en önemlisi ahiretin nur olsun!

Ben hakkımı helâl ederim de sevgili, sen geri kalan ömrünü ziyan etme. Ben sözlerini tutmuş sayarımda, sen bundan sonra veremeyeceğin sözler tutma.

Hadis-i şerifte buyruldu ki:

(Dört şey münafıklık alametidir: Emanet olunana hıyanet etmek, yalan söylemek, vaadini bozmak, sözünde durmamak.) Sözünde durmak önemli bir haslettir sevdiğim.

Er/İnsan olan sözünde durur.

Allah bir, söz bir.

Söz namustur.

Söz verme, verdinse dönme!

Söz verip, umut verip bir insanı yıkma ki, ahı bulmasın seni!

Söz vermiştin be güzel efendim,

Bırakmayacağın bir elim vardı, hep seveceğini söylediğin bir umudum vardı.

Nerdesin şimdi benim uzak güneşim,

Şimdi nerdesin?

Güzel Efendim

Her gün "Seni Allah için seviyorum "diyerek uyanıyorum sabaha.

Bir gün söylemezsem eksik kalıyorum o günün tüm umutlarına.

Ya bunu söylemeden ölürsem diyorum, her günü o an sayıyorum.

Tutunuyorum seni tekrar görmenin umutlarına.

Çok yaşamayacağımı biliyorum.

İlla bir doktorun ömrüme güç biçmesine gerek yok, en fazla kırk yıl, bilemedim en elli yıllık bir ömrü anlamaya...

Ben ömrümün santimlik kumaşından zaten her gün sana bir an biçiyorum.

Sen gelmeden ölüm gelirse diye, "Seni seviyorum" cümlemi bırakıyorum, okursun her satırımda...

Yine de ölüm gelmeden, sen gel, olur mu güzel efendim?

Ah güzel efendim öyle güzel bakardın ki, kuruyan çöl toprakları gibi yağmuruma kavuşurdum, öyle güzel "emanetim" derdin ki, yağmur yağmadan sırılsıklam olurdum...

Ah güzel efendim, sen gittiğinden beri gidişine sebepler aradım, benden geçişine daha güzel yüzleri yâr edinişine. Çok fazla cevap yazdım, çok fazla ihtimallere sığındım. Sonra tek bir kelime yazıp sustum. Öyle bir kelimeydi ki, önce yutkundum, boğazım yandı. Nefes alamadım uzunca bir müddet. Ellerime baktım. Ağlamaya başladım. Hıçkırıklarıma engel olamıyordum. Dizlerim titriyordu, daha fazla kaldıramadı bedenim o kelimenin acısını...

Çöktüm yere, ellerim yerde, hala hıçkıra hıçkıra ağlıyordum.

Geçmedi günlerce, gecelerce...

Boğazımdaydı, düğüm düğüm,

Tüm okyanusları içsem geçmeyecekti sanki.

Hele gecelerde kimsenin olmadığı Allah'a sığındığım gecelerde hala hıçkıra hıçkıra ağlıyordum. Tek bir kelimeyi idrak edemediğim için. Tuz döküldü o kelimeyle içimde senden kalan yaralara. O kelimenin altına o kadar çok acı yazdım ki, sonunda yazabilecek tek bir nefes buldum. Tek bir nefes...

Sensizliğe...

Tek bir kelime yazdım sensizliğin yanına:

Sensizlik = İmtihan

Sensizlik bu dünyada en büyük imtihanım olmuştu.

Aşkı solumuza yanlış öğretmiştik, haramı helal sevmeye kalktık, yanıldık. Bu da imtihan diye yazıldı ayrılığa...

Bizim sevdamızda, hakkıyla tutamadığımız elin sancısı sindi içimize.

Nasip kelimesi yolun başında yazılır, imtihansa o yolun kendidir. Bu yüzden hâlâ nasip kelimesinin yolu bitmedi. Hâlâ yazılıyor. Nasibimsen zaten gelirsin tekrar imtihan yolundan, ama nasibim değilsen gidersin o imtihan yolundan...

Lakin imtihan kelimesinin acısının altına en çok senin ismini yazdım.

Çok sevmemin bedelini bana ağır ödetmiştin,

Hiç bırakmayacağım dediğin eli bırakmıştın,

Gözüm senden ötesini görmez dediğin gözün ötesini görmüştü.

Emanetim dediğin beni, kurban etmiştin.

O yüzden en çok seni yazdım imtihan kelimesinin altına. Güvendiğim seni, yağmurumu, çayımı, aşkımı, sevdamı, umudumu, yarınımı, ervah-ı ezelimi, beyazımı, can özümü, sesimi, güneşimi, yazımı kışımı, eylül yanığımı, solumu, soluğumu, duamı, hayalimi, uykumu, uykusuzluğumu, derdimi, dermanımı, seni seni işte seni yazdım. Sen benim imtihanımdan, soluğumdan eksik olmayan...

Kızsam da, çok incinsem de, her nefeste aşk diye içime çektiğim, çektiğim nefesin acısıyla yandığım...

ama yine de adını da şükürden öte gidemediğim,

Yine de "hep iyi ol" duasını adından esirgeyemediğim, sensin güzel efendim.

Hala yazdığım, okuduğum, söylediğim sensin…

Dilim döndükçe, dilim dönmezse kalbim söyledikçe, kalbim durursa ruhumca söylediğim yine sen olacaksın…

Ruhuma sinen sevdam, ervah-ı ezelim, inşallah ervah-ı ebedim olursun…

Nasip yolu bilmiyorum tekrar birleşir mi, ben bu sevdanın sonunu ahirete sırladım…

…bu yüzden son kelimem ne gelirse başa imtihandır, varsın Rabbimden geldikçe bu aşk ayrılıkla sınansın, hayırlısı "vesseLÂm!"

Saklı Aşk

...Kalemi elime alınca güzel şeyler yazayım istiyorum artık.

Hani mavi bir kelebeğin kanadına saklanan aşk gibi...

Kısacık bir ömür ama birlikte...

Eylül

Yağmur başlayınca hep çocuk gibi oluyorum.

Sokağa fırlayıp bakkal amcadan küçüklüğümün o Cino çikolatalarını alıp cam önü bir gönül yolculuğuna çıkıyorum.

Biraz yağmurun sesi, biraz kitapların dünyası ve çayım...

Vakit satırların kalbe dokunduğu anlar…

Eylül…

Hem aşk olup hem ayrılığa çıksa da bir sonbahar.

Son da olsa o bir bahar…

Eylül…

Ağaçların yapraklarını aşkla terk ettiği…

Söz verip bir sonraki bahar kökünden çürüdüğü,

Yeşermeyi bekleyen bir bahar gibi,

Benim içimde hala büyüyemeyen hüzünlü küçük kız.

Ne yaşıyorsak vardır bunda da bir hikmet !

Acı'm...

Bir cuma gecesi daha ömrün semalarında aralanırken nedir bu hüznü giydiren baştan ayağa saran acı?

...bu yürek ne zaman şükrünü eksik bıraksa sızısı eksik olmuyor. Biliyorum Rabbim ben kullukta noksan oldukça huzurum da yok olacak. Ama ben bilmiyorum Rabbim. Gerçekten bilmiyorum. Öyle sıkıştım ki bir şeylere, öyle darmadağınım ki nerden toparlanırım bilmiyorum. Çok sevdiğim için her şeyden vazgeçtim diye mi bu acı? Üzdüğüm kişilerin mi duası eksik kaldı? Nedir arkasını alamadığım bu hayatım? Görse, gözlerimin içine aşkla baksa biraz, cehennemin yüreğimde kurulu olduğu dünyada nefes alabileceğim. Ben nefsimin kurbanıyım. Hakkıyla yaşamayan bilenlerden miyim? En acısı da bu ya... Evlenmek ve hep düşlediğim Allah yolundaki o yuvaya sahip olmak istedim. Belki çok istedim. İmtihanım oldun. Acım oldun be yar...

Elini tuttuğumda her şeyi unuttuğum sen iken nasıl oluyor da bir sözünle beni yerle yeksan ediyorsun?

Rabbim kulluğumdaki noksanlardan, yanlışlardan, günah

lardan, yapamadıklarımdan, yaptıklarımdan... Kısaca nefes alışım bile senin rızanı unutacak olursa al bu canı Rabbim. Seni anmadan seni bilmeden seni yaşamadan yaşamak mı olur. Zaten ölüyüm böyle!

Satırlar satırlar...

Kaç satır yazsam da anlatamıyorum beni bana. Yapamıyorum, geçmem gerekenden geçemiyorum. Yazıyorum, acımı yazıyorum. Acım, hem şükrüm hem düğümüm. Hem cennetim hem cehennemim. Araf dedikleri bu dünyada sen misin yar ki imtihandan geçerken yüreğimin dizleri paramparça, gözyaşları umman...

Yeşil gözlü deniz olur mu demiştin ya...

Yeşil gözlü deniz umman oldu.

Şimdi kaybolduğu bu ummanda yüreğini arıyor. Yolunu arıyor. Senin yolun artık kim bimiyorum; ama benim yolum sensin. Şimdi ben yoldan çekilip sadece Allah deyip susuyorum. Aklıma ötesi gelmiyor. Sadece, ah bir bilsen canım o kadar acıyor. Acıyor, acıyor, acıyor.

Acıyor acım...

SEN TAMAMLA

Hiç yutkunamadığınız bir hüzün yükseldi mi boğazınıza?

Bir yanlışın içinde kaybolduğunuzu hissettiniz mi?

Ve gözlerinize yaşlar doldu diye kimsesiz sokakları mesken tutunuz mu?

Herkes yağmurdan kaçarken biraz olsun sevinip rahmette doya doya ıslandınız mı?

Ahh deyip sabıra sarılıp acınıza şükrettiniz mi?

...

Yine kelimeler kısa kaldı,

Yine yüreğim eksik Rabbim sana...

Ne olursun Rabbim sen tamamla.

-Yeni bir sayfa aralıyorum ömrümde. Artık yalan ne varsa, haram ne varsa, sahte ne varsa olmayacak. Güzel kararların, güzel bir yola girmenin saati olmaz . Yeter ki girilen o yol Allah için olsun, gül kokulu olsun. Yalan, sahte kokular olmadan… Her nefeste hüzünlü de olsa huzuru içimize çekelim.

Değerimiz kul gözünde değil Allah katında olsun.

-Dua ile dostlar...

LÂ

Kaybediyoruz !

Konuşarak ve yazarak çok şeyi biliyor gibi gözüküyoruz.

Aslında hakkıyla bilmenin sadece kuru bir bilgi yığını değil de,

İdrak ve uygulama boyutunda kalpten yapılması gerektiğini unuttuğumuz için en büyük kayıpları veriyoruz…

Ne yazarsam yazayım yetmeyecek, ne söylersem söyleyeyim adının gerisinde kalacak...

Ben Allah deyip bir Lâ çekiyorum ömrümün kalanına,

Elbet Hak yerini bulacak !

Aşk Okyanusu

Neden Aşk okyanusu derler bilir misin, mürekkebin dağıldığı satırlara?

Evvel zaman içinde, satır satır içinde, şiir şiir içinde bir köyde küçük bir kız yaşarmış.

Kıvırcık saçları yemyeşil gözler ile neşe saçarmış etrafa.

Ama o kadar yaramazmış ki çok düşermiş bu yüzden. Yara izleri de çokmuş haliyle. Tabi o zamanlar dışımdaki yara izlerimi özleyeceğini bilmiyormuş.

Erkek çocuğu gibi her yerden atlar, her yere tırmanırmış. Ayva ağacına oturur, hayal kurar, resimler yaparmış.

Asma ağaçları budanınca, kesilen yerden akanları gözyaşı zanneder, üzülürmüş.

İlk şiiri, asmaların ağladığı o günde yazmış.

Sonra satırlar…

Şiirler…

Seneler…

Asmaların kesilmesine bu kadar üzülen küçük kız çocuğu büyümüş artık. İlk şiirini yazdığı o günden bu güne yirmi üç sene geçmiş. Ama o günden sonra gözyaşının yağmur olabileceğini öğrenecekmiş.

Çünkü âşık olmuştu.

Adama çok güvenmiş.

Uzanan eli tutmuş.

Hiç korkmadan aşk dağına tırmanmaya karar vermişler. Kızın kalbi küt küt atıyormuş. Tırmanırken onu tutan ele sımsıkı sarılmış küçük elleriyle. Hiçbir şeyden korkmayan cesaretli bir kız olmuş, sevdiği, elinden tutunca da tüm korkuları iyice silinmiş... Güzel günler geçirmişler. Kız da adamda mutlu ve huzurluymuşlar.

Sonra şiir olup yazıldılar, satır satır hikâye olup okundular. Herkes onların aşkından söz etti. Aslında tek bir farkla, aslında herkes sevdiği adamın aşkından söz ediyordu. İlk başta şaşırdı. Sonra o kız dedi ki ben oysam, bendeki aşkın adı oysa benlik kaygısı niye diye. O yüzden onun aşkına yazılmaya devam etti isimsizce. Ama adam da öyle değildi. Benlik aşkına kapıldı. Şöhrete kapıldı. Birlikte tırmandıkları aşk dağından sevdiğim dediği kadını itti, dağa tırmanan bir sürü aşk sandığı yüzleri görünce.

Kız öyle bir aşkla düştü ki yere aşk dağından, şiirler satırlar yüreğinden her yere saçıldı. Dizlerinde bir yara yoktu ama; kalbi içten içe kanamaya başlamıştı. Bu acıya dayanmadı satırlar. Yağmurları yağmaya başladı. Çok fazla yağmur yağdı.

Sular yükseldi kızın yeşil gözlerinde, bir okyanus oluştu. Tabi sular yükseldikçe aşk dağı da sular altında kalmaya başladı. Sevdiği adam boğulacaktı yine dayanamadı, kendi gemisini ona verip kendini suya attı. Sevdiği için geçti canından...

Adam o an anladı o da onu çok sevmişti, ama artık tamamen kaybetmişti. Çünkü sevdiği onun yüzünden sulara karışmıştı. O an içi öyle bir yandı ki bir anda, tek bir damla su oldu sevdiğine kavuşmak için adam da, bıraktı okyanusa kendini. Son sözleri "sen koca bir aşkmışsın, ben sende beliren küçük bir aşk...

"Sen şimdi koca bir okyanus oldun, ben sende aşkı bulup karışmak isteyen küçük bir damla" deyip karıştı okyanusa. Kız da, adam da su olmuştu. Yazıldıkları satırların mürekkebi dağılmıştı bu yüzden.

Aşka çözülmüş mürekkep dolu satırlar!"

Bu yüzden aşk okyanusu derler satırların arasındaki mürekkebi dağınık yazılara...

Seninle

Tarih eylüldü ama vakit sen…

Sonbaharın içinde, bir ilkbahar yaşadım seninle,

Ağaçlar yaprak döküyordu, bense çiçek açtım seninle.

Dünyanın tüm sabahlarını toplamıştın sanki

Her göz göze geldiğimizde aydınlık bir ana uyandım seninle.

Kocaman bir albatros gemisi gibi, tüm denizleri fethettim seninle.

Yağmur yağmazken bile ıslandım seninle.

Dünyanın tüm renklerine boyanmıştın sanki,

Sonbaharın içinde, tüm renkleri gördüm seninle.

Eksik bir cümleydim, tamamlandım seninle.

Tüm şiirlerin içinde, en güzel şiiri yaşadım seninle.

Tarih bir eylüldü, vakit sen…

Takvimden kopan en güzel yapraktın sanki,

Tüm kelebeklerin içimde havalandığı bir gün yaşadım seninle.

Dünyanın tüm güzel diyarları toplanmıştı sanki sende,

Bu dünyada, cenneti yaşadım ben seninle.

Ömür boyu edeceğim bir duaya amin dedim ben seninle.

Ahiret hayatında da inşallah, cenneti de yaşarım seninle...

Tarih ne olursa olsun, vakit hep sen güzel efendim!

Özlemek denen şey, yazdığım her satırda değil aldığım her nefeste var...

Sevmek Eskir mi?

Eskiyoruz sevdiğim,
Hem de nasıl eskiyoruz.
Her gün yenilenen dünyada insanlık olarak eskiyoruz.
Neden mi eskiyoruz biliyor musun sevdiğim?

Koca dünyaya hala yerim dar dediğimiz için,
Gökyüzü hepimizinken, uçurtmaları vurduğumuz için,
Hoşgörüyü, hoş görünmekte aradığımız için,
Mutluluk sandıklarımızı, içki masalarında harcadığımız için,
Çok bildiğimiz sanıp haddimizi bilmediğimiz için,
Ekmeği bölmek varken, insanlığımızı böldüğümüz için,
Birlikte yaşamak varken, tek tek öldüğümüz için,
Sevmek varken, sevmeyi tene sığdırdığımız için...
...Rabbim her şeyi güzel yaratmışken, kalbimizle görmediğimiz için eskidik sevdiğim.

Çok eskidik.

Gittiğin gün bunu daha iyi anladım.

Sebeplerini sebep edip gittiğin gün daha iyi anladım.

Bir ömür tutacağını söylediğin elimi, el ettiğinde daha iyi anladım:

Sevmekte eskiyormuş!

Ama gerçekten sevmek eskimez sevdiğim,

Bizim gibileri umutlarım hâlâ cennete saklı...

...insanlığı eskitmeyin.

Bırakın teknoloji ilerlemesin yeter ki insanlık geride kalmasın...

...sevmeyi eskitmeyin,

Bırakın bu dünyalığınız olmasın, yeter ki ahirette sevdiğinizle cennetimiz uzak kalmasın!

Sonbaharın geldiğini hissettiren, bu yüzden daha sert esen rüzgar bir şeyler anlatıyor:

"Dalların kırılsa da umut et ve sev!

Her mevsim geçer de dayanağın Allah oldukça köklerin daima sağlam kalır."

"İlanı Çay" yapıyorum,

Benimle çay içer misin?

...beraber çay içmeye bir ömür söz verir misin?

Yağmur Var Koş

Eylülde gitti,
İçimizden son da olsa bir bahar gitti.

Eylül yine gelir de,

Vefası eksikse sevmelerin bir daha yüreğimize o eylül gelmez...

Dert ile derman...

Sınandığımız nokta kalbimiz olunca başlayan sızı tüm vücuda yayılıyor.

O an incindiği yerden kopacak gibi geliyor kalbimiz.

Bir daha böyle nasıl atar,

Bu acı bu yüreği kaldırır mı?

Yağmur var koş...

Bir söz bu kadar yüreğini harekete geçirebilir mi bir daha!

Yüreğin Çicek Açması Bizim Elimizde

Ve bir sabaha daha uyandırıldık. Nefes alıyoruz evet. Bu yüzden hâlâ umut var. Hala sabah ezan sesini duyacak kulağımız var ve hala namaz kılıp dua edecek kadar aklımız... O zaman bu sabah yeniden başlamak gerek. Bismillahı ve tevbesi bol olan bir gün olsun inşallah. Gözlerimizle değil yüreğimizle bakalım bu güne ve her güne.

Ama sözde değil özde bilelim hak olanı.

Bir de... can en çok ne zaman yanar bilir misiniz?

Yüreğinle sevdiğin, sarıp sarmaladığın, duanı onsuz bırakmadığın, her gün varlığına şükrettiğin insanın güvenini yıkmasıdır. Seviyorum deyip aslında bir yalana sığınıp yüreğini yakmasıdır. Sevmiyordur çünkü. Gözleri başka gözleri görecek kadar hâlâ açıktır, alçaktır çünkü. Bunlar var ve olmaya devam edecek. Rabbim gönlümüzü hayır kılsın. Bırak sen sev, sevmek o kadar büyük bir duygu ki hala o iyi olsun diye yine de dil yana yana dua etmektedir. O iyi olsun, kalbi gerçek şifayı bulsun diye. Çünkü çok sevmek kendinden geçmektir. Hala ben diyebiliyorsan sen sevmemişsindir. Bu yüzden bugün yüreğine bak, seviyorsan sevgine sahip çık!

Çünkü en büyük imtihanlardan biri "yürekle" olan... Dumansız bir yanıştır ki, kelimeler anlatamaz. Sadece Efendimizin (sav) duasıyla dua ediyorum. Yüreğimin imtihan edilmesinden Rabbime sığınırım!

Ötesi yok bugün yeni bir gün ziyan etmeyelim azizim!

Bahar da geliyor yüreğin çiçek açması bizim elimizde. Hayır olsun...

Artık acımış bir çaydan farkı yoksa yaşananların, yeni bir demlik çay ocağa koymanın vakti gelmiştir.

Dönüş

Dünya geçecek olan…
Dönüyor sürekli,
İnsanlar da dönüyor verdiği sözden,
Başladığı sevdadan.
Dönüyorlar hak olandan.
Dönüş Hakka iken!
Ve ölüm gelecek biliyoruz, ölüm var da
Bunu dille değil yürekle kavramak gerek.
Yüreğin tebessümüne talip isen,
Önce hak olanı söylemen değil yaşaman gerek!

Bazen günlerce çıkmak istemediğim bir odada kitaplarım ve çayımın yalnız kalabalığını istiyorum.

Gönül telaşından uzak,

Yalanlardan ırak,

Öylece...

An sancısı

Geçiyor da zaman içinde acı kıskıvrak büyüdükçe, gözlerinde gerçeğe dair bir şey göremedikçe yanıyor içim!

Ben ben olamıyorum.
Ben Hatice olamıyorum.
Yalanların gölgesinde bir sevda.
Çok sevmek ne demek,
Onu bile bilmiyorum!
Ben bağlıyken düğüm düğüm acıya,
Sen çözmedin beni,
Her gün bir düğüm daha ekliyorsun acıma.
Bensiz başka sokaklarda başka insanlarla hayal kuruyorsun.
Seviyorum seni ama özgürüm diyorsun!
Özgürlük bu mu?
Kültür bu mu?
Benim sığlığım buysa sığlığımda boğuluyorum.
Yoruldum,
Ben demesem de yoruldum!
Bir sevdada ben denmez.

Ben sen olmaktan yoruldum.

Görmüyorsun...

Çok sevseydin gözümde yaş aktıkça erirdin.

Kıymazdın bana,

Ben ölürken uçuruma çiçek bırakmazdın.

Sanma ki huzurluyum!

Evet çok seviyorum bir o kadar da kanıyorum.

Bilsem gidince yaşayacağımı giderim.

Ölürsem de yanında olsun istiyorum.

Bir kalp nasıl razı gelir sevdiğini paylaşmaya?

Hayal ettiğimiz o sokaklarda başka bir kişilerle dolaşmana, bensiz olmana...

Daha ilk zamanlarda kurmamış mıydık bunun hayalini?

Bana söz vermemiş miydin?

Her zamanki gibi sözlerinin eksiğinde kalan benim.

Anlamıyorum,

İnsan sevdiğinden korkar mı ben senden korkuyorum!

Artık sevmekten de korkuyorum!

Gitmekten de korkuyorum,

Kalmaktan da!

Nefes almaktan da!

Uykuda bile acı çekmekten de!

Bu sevdayla n'apmam gerektiğini bilmemekten de!

K .o.r .k. U. Y. O. R .u. M..!

Yani olmuyor...

Demli bir sevda vardı yaşadığım,
Çayın en taze,
En sen halini yudumladığım...
Şimdi çayların tadı buruk,
Demi eksik.
İçemiyorum hiç bir çayı eskisi gibi.
Eskisi gibi olamıyorum.
Yanındayken uzaklık var bende.
İçimdeyken içimin içinde kaybediyorum seni.
Bir sevdanın kaybı var bende.
Yanımda gözümde,
Canlı bir sevdayı kefenlemek var bende.
Acı var çayın deminde.
Buruk içim...

DEM BU DEM!

Gece daha bir gece…
Çay daha sıcak!
Dem ki bu dem.
Hüzünler daha bir ağır şimdi.
Saatler hep hüzne vuruyor.
…
Ve hüzün ardından huzura yol olmaya başlıyor içimdekiler,
Dudaklarımın arasına kocaman "Elhamdülillah" yerleşiyor.
Hayra çıkar elbet, gecenin sabaha çıkması gibi bu dertler!
…
Eyvallah der bir tebessüm daha not olarak düşeriz geceye.
Hüznün huzur hali bu gece de ÇAY'la çok güzel gider!

Ümit var olmak!

Seni düşünmek en iyi çayla gidiyor.
Öyle ki hasretliğin soğukluğuna,
Sıcak bir ümit oluyor...

Ve Ümit ettikçe yürüyorum bu yolu. Bittim dediğim de tekrar ümit ediyorum. En dibi görünce ümit edip Hz. Yusuf as. aklıma geliyor. Bir tebessüm düşüyor yüzüme. Hz. Yusuf, karşılaştığı her türlü sıkıntıya karşı tevekküllü ve teslimiyet gösterip , Allah'a olan sadakatiyle ve sevgisiyle , güçlü bir imanın tüm hallerini yansıtışı içimde, ümit var ol diye yankı yapıyor o yüzden en dibe düştüğümde karanlık bir kuyudan seslenir gibi Hz. Yusuf as. duası ile sesleniyorum:

"Ey gâib olmayan Şâhid! Ey uzak olmayan yakın! Ey mağlûb olmayan Gâlip. Şu içinde bulunduğum durumdan kurtulup çıkmamı nasip eyle!"

Dua oldukça ümit hep vardır, ümit oldukça da hep bir çıkış vardır!

İçtiğim çay bile bana bunu hatırlatıyorsa, nasıl ümit keserim Allah'ın hikmetinden. Ümit dünyasında asıl kendimi kaybedersem, ümitsizliğe düşersem yenilirim.

Kendini beğenip yola çıkanlar vardır ki, iman noksanlığından ve ümit zaafından ötürü, hep yarı yolda kalmışlardır. Çok küçük bir zelzele, geçici bir fırtına, akıp giden bir sel onların gayret ve fikirlerini de beraber alıp götürmüştür. Ya kendilerine ümitle bağlanılıp sonradan onlarla beraber yeis bataklığına düşüp boğulanların hâli, o hepten içler acısıdır.

Ah kalbimden düşüncelerime sızıp, gidişenle beni karanlık kuyulara atan yârim;

Makama, mansıba ümit bağlamış; servete, sâmâna gönül vermiş ve gelip geçici, yıkılıp gidici şeylerle avunup durmuş kimselerin, er geç hüsrana uğrayacakları kesindir bilesin.

Benim ümidim var!

Solmayan renge talibim.

Sönmeyen ışığa, batmayan güneşe,

Gecesi sabah aydınlığında,

Gündüzü Cennet bahçeleri gibi rengârenk olan o ümit dolu Allah inancına talibim.

Yorgun yüreğimin sığınağı sen olsan
Can kenarı olacak bir seferle
Ömür boyu konaklanacak bir gönül konağına
beni alsan…

Gene hayaller birikiyor çaydanlığımda,
Bir yol oluyor, bir bulut...
Penceresinden güneş sızıyor.
İçinde kaynıyor hasretim,
Sonra demliğinden akan ise yürekte şifa oluveriyor…

Gel sevdiğim;

Karanlık bilmeyen ufuklarında dolaşalım.

Değişen mevsimler de yüreğimiz tek mevsimi olan Allah inancında,

yeniden sarılalım birbirimize.

Helâlinden olsun her şey...

Şükre duralım, hiç bitmeyen ümit sofrasında.

Farklı manzaraların büyüleyici hallerine seyre dalıp tefekkür edelim.

Hiç

Kalplerimizi dolduran şu iç içe gurbet ve yalnızlıklar var ya sevdiğim, en derine inip sarıyor ruhumu acısı. Bakıyorum dönüp dönüp, durup durup içime bakıyorum. Bir adı var mı bu gurbetliğin diyorum. Tek bir cevapla sıvazlayabiliyorum kalbimi, tek bir cevapla susturuyorum içimin yükselen sesini…

En büyük gurbet, gerçekten Allah'tan uzak kalmak, sonra senin gurbetliğin sevdiğim…

Güzel Efendim;

Rahmanın huzur ikliminde, iki seccade lazım sadece bize,

İki seccade bir yürek…

Önce en büyük gurbeti aşmalıyız,

O kadar yakınken nasıl bu kadar gurbet kalırız Rabbime?

Gurbetliği ortadan kaldıran tek vatan bu dünyada seccadedir,

Namazdır!

O, bedeni de, ruhu da birlikte yaratmadı mı?

Böyle olunca da insanın ruhuyla olduğu kadar bedeniyle de dua etmesi gerekmez mi?

Yüzümüzü Kâbe'ye, Allah'ın Mekke'deki beyt-ül Haremine çevirelim sevdiğim...

O anda dünyanın neresinde olursak olalım, yüzümüz hep birbirimize dönüktür, asıl aşka dönükür. Görmez misin beni sevgili, bir tek vücut gibiyizdir ve düşüncelerimizin merkezi de O' dur. Önce ayakta durarak Kur'anı Kerimden bölümler okuruz, bunu yaparken, okuduğumuz kelâmın, insanın yaşarken dimdik Elif misali ayakta kalması için, sebat etmesi için verilen Allah Kelâmı olduğu bilinci içinde yaşarız aşkı. Sonra 'Allahu Ekber' (Allah en büyük!) deriz; Bununla Allah'tan başka kulluk etmeye değer başka hiç kimsenin, hiç bir şeyin olmadığını dile getirir ve bunun apaçık bir gerçek olduğunu bir daha duyar ve bu gerçeğe bir daha tanıklık ederiz.

Sonra o her şeyden yüce olan Allah'a duyduğumuz saygıyı, bu yüceliğin önünde eğilerek gösterir, Onun gücünü, celâl ve azametini övgüyle anarız. Ve Onun önünde bir toz zerresinden, yokluktan, hiçlikten başka bir şey olmadığımızı, Onunsa bizim yüceler yücesi yaratıcımız, ve Rabbimiz olduğunu duyarak alınlarımızın üzerine coşkuyla yerlere kapanırız. Sonra alınlarımızı yerden kaldırır ve oturup, günahlarımızı bağışlaması, bizi rahmetiyle yargılaması, doğru yola yöneltmesi, bizi sağlık ve rızkla nimetlendirmesi için dua ederiz, Onun haberini bize ulaştıran Muhammet (s.s.)'e, Ondan önceki peygam berlere, bize, kendimize ve doğru yolú izleyen herkese Allah'ın selâm ve rahmetini dileriz. Bize bu dünyada da öteki dünyada da iyilik ve güzellik ihsan etmesini niyaz ederiz Allah'tan. Ve sonunda da, başımızı sağa ve sola çevirerek, nerede olursa olsun, doğru yolda olan herkese selâm vererek namazdan çıkarız.

Selâm olsun!

Güzel efendim yüreğien selam olsun bir namaz sonrası,dualarım.

Farz namazların farz kılındığı "Sidretu'l-müntha"nın yanında, Cennetu'l-Meva vardır."(bk Necm, 53/15). Bu açıdan da cennetteki selam ile namazdaki selam arasında bir bağlantı vardır. Bir Selam ki en sonunda m-is kokular bırakır ruhumuzda. Aralar cennet kapılarını...

İşte sevdiğim önce ruhumuzun gurbetinden ayrılığı kaldıralım, Rabbim zaten kendisiyle tamamlar bizi. Bu dünya da olmasa ahirete saklı selâmlarımız, dualarımız var...

Dualarla çözülsün Yüreğimizdeki müzemmiller sevdiğim!

Daha...

Dem tutmak gerek,

Çay gibi sevgide de.

Demsiz çay olmayacağı gibi yürekte demlenmeyen sevgi de olmaz..

Şimdiki sevgilerin daha başlamadan soğuduğu bir dönemde yaşıyoruz. İçtiğim bir bardak çay bile bana bunu hatırlatıyorsa bunun üstüne daha çok çay içilir…

Her Dem!

Bazen çay içmek

Başlı başına bir dünya kurmaktır.

İçindekileri sormayın gitsin, hepsi sıcak çay gibi...(her dem sevgi ile)

Ötesi de berisi de Allah...

Uzaklar diye bir yer var ama herkes orada değil çünkü uzakları yakın eden dualar var ve biz oradayız.

Her gecenin arefesinde,

Biraz Yar'la karışık,

Biraz Çay'la karışık,

Uzak olmaktan çok yakınız.

Sen

" Sesinde ne var biliyor musun ? " demiş ya Cemal Süreyya,

Sesinde

Bu beyaza bürümüş İstanbul soğuğunda sıcacık bir hissin şükrü var!

Sesin ki yaşamak...

...adınsa zaten ömrüm!

Ve bugün günlerden sen, ötesi yok.

Her günlerden sen olduğu gibi, bugünde yaşıyorum seni..

Hatta sensizliği...

Her şey de vardır bir Hayr, bir Hikmet

Sensizlik;
En ağır cümlem yazmaya korktuğum,
Satırlarda soluksuz kalıp çırpındığım...

Şimdi sensizliğin vaktinde yokluyor zaman yüreğimi.
Bilmezdim, bu aşkı yazarken ayrılıklarda bulurmuş bizi...

Sonra yüreğime avuntu cümleler aradım, ve buldum da. Avuntudan öteye geçti, Geceleri sarılıp uyudum, bu cümleye. Gündüzleri dilimde pelesenk oldu, ne zaman ayrılığa sitem edecek olsam, dedim ki;

-"Vardır bunda da bir hayır, bir hikmet!"

Nasipten öte yolların olmadığı bu dünyada payıma sen

sizlik düşmüşse, Rabbim gelen her şey başım gözüm üstüne. Çünkü vardır herşey de bir hayır. Güzel bakmak mühim mesele. Yaşadıklarımıza doğru gözle bakarsak sevdiğim, her an hayrete düşeriz. Bu da sürekli bir aşk halidir.

Şu yaman ayrılıkta bile en aşk halimsin!

En aşk hemde...

Çünkü sensizliğinde bir şükrü var artık dilimde,

Yanındayken doya doya sevemiyordum seni,

Şimdi sensizliğin vaktinde bir hayrı aralıyor gönlüm,

Haram bir sevdada ki yakınlık yerine,

Helal bir sevdada ki uzaklık anlatıyor içimde ki seni, en güzel kelamları sana adayarak...

Bensizliği hayır mı görüyorsun diye sorma sevgili, ben sensizliği kavuşmaya vakti olan bir dua sayıyorum. Vakti, saati geldiğinde olmazlar olur, be sevgili...

Eskiler anlatılar güzel Efendim, hayır ile bir kıssa,

Bir zamanlar Afrika'daki bir ülkede hüküm süren bir kral vardı. Kral, daha çocukluğundan itibaren arkadaş olduğu, birlikte büyüdüğü bir dostunu hiç yanından ayırmazdı. Nereye gitse onu da beraberinde götürürdü.

Kralın bu arkadaşının ise değişik bir huyu vardı. İster kendi başına gelsin ister başkasının, ister iyi olsun ister kötü, her olay karşısında hep aynı şeyi söylerdi:

-Bunda da bir hayır var, bir Hikmet!

Bir gün kralla arkadaşı birlikte ava çıktılar. Kralın arkadaşı tüfekleri dolduruyor, krala veriyor, kral da ateş ediyordu. Arkadaşı muhtemelen tüfeklerden birini doldururken bir yanlışlık yaptı ve kral ateş ederken tüfeği geriye doğru patladı ve kralın baş parmağı koptu.

Durumu gören arkadaşı her zamanki her zamanki sözünü söyledi:

-Bunda da bir hayır var!

Kral acı ve öfkeyle bağırdı:

-Bunda hayır filan yok! Görmüyor musun, parmağım koptu?' Ve sonra da kızgınlığı geçmediği için arkadaşını zindana attırdı.

Bir yıl kadar sonra, kral insan yiyen kabilelerin yaşadığı ve aslında uzak durması gereken bir bölgede birkaç adamıyla birlikte avlanıyordu. Yamyamlar onları ele geçirdiler ve köylerine götürdüler. Ellerini, ayaklarını bağladılar ve köyün meydanına odun yığdılar. Sonra da odunların ortasına diktikleri direklere bağladılar.

Tam odunları tutuşturmaya geliyorlardı ki, kralın başparmağının olmadığını farkettiler. Bu kabile, batıl inançları nedeniyle uzuvlarından biri eksik olan insanları yemiyordu. Böyle bir insanı yedikleri takdirde başlarına kötü olaylar geleceğine inanıyorlardı. Bu korkuyla, kralı çözdüler ve salıverdiler. Diğer adamları ise pişirip yediler.

Sarayına döndüğünde, kurtuluşunun kopuk parmağı sayesinde gerçekleştiğini anlayan kral, onca yıllık arkadaşına reva gördüğü muameleden dolayı pişman oldu. Hemen zindana koştu ve zindandan çıkardığı arkadaşına başından geçenleri bir bir anlattı.

-Haklıymışsın!' dedi. Parmağımın kopmasında gerçekten de bir hayır varmış. İşte bu yüzden, seni bu kadar uzun süre zindanda tuttuğum için özür diliyorum. Yaptığım çok haksız ve kötü bir şeydi.

-Hayır, diye karşılık verdi arkadaşı. Bunda da bir hayır var.

-Ne diyorsun Allah aşkına? Diye hayretle bağırdı kral. Bir arkadaşımı bir yıl boyunca zindanda tutmanın neresinde hayır olabilir?

-Düşünsene, ben zindanda olmasaydım, seninle birlikte avda olurdum, değil mi? Ve sonrasını düşünsene.

Sevdiğim, özüm;

Biz bilmeyiz, neyde hayır var Rabbim bilir, biz güzel bakalım, güzel düşünelim, güzel niyet üzerine hallenelim.

Açacaksa çiçekler bu aşkla, biz suyu eksik etmeyelim yeter.

Rabbim her şeyi hayreder.

Düşünüyorum da yol daha yeni...

Hüzün daha taze...

Dem gerek bu halimizi de.

Şükür!

Ellerim artık bir veda havasında, yazıyor kendimi sancılı yarınlara…

GÜLÜMSE

Gerçekten gülümsemek mi istiyorsun;
Gel önce bir çay içelim önce şifa niyetine.
Sonra niyet edelim Allah için sevmeye...

Bugün Allah için atalım adımlarımızı.

Mesela selam verelim dağa, taşa, gözümüzün değdiği her insana…

Bismillahsız başlamayalım hiçbir işe,..

Bir yetimin başını okşayalım, tebessümünün resmini kalbimizle çekelim,

Bir fakire soframızı açalım, bismillah deyip başlayalım yemeğe… Şükrünü kalbimizle söyleyelim.

Binebildiğimiz kadar otobüse binip tüm yaşlı teyze ve amcalara yer verelim, hayır duasının aminini kalbimizde hissedelim...

Eyüp Sultan'a gidip güvercinlere yem atalım, kanatlarında tutunalım ki sevmeye kalbimizle uçalım…

Bugün o gündür, bugün son gündür deyip kırdığımız, üzdüğümüz kim varsa arayalım, bulalım, helallik alıp, af diyelim ki kalbimizle ferahlayalım…

Hiç mi bir şey yapamıyoruz? Yürüdüğümüz yollardaki adımları Allah rızası için atalım ki boşa gitmesin kalbimizdeki soluklar…

Evet hiç mi bir şey yapamıyoruz? Gözlerime bak, sevdiğimi göreceksin. Yetmez mi Allah için sevmek birbirimizi ve yetmez mi kalbimize şifa olan sevgimiz?

Yeter sevdiğim yeter, haydi gel kalbimizden gülümseyelim…

Güzel sevmeye niyet edelim…

…ve ben bugünde niyet ediyorum Allah için seni sevmeye!

Hakiki çay sabırla demlenince tadını bulur.
Hakiki gönül ise Hak kelamıyla demine kavuşur.

İksir-i Azam Çay

Çay muhabbettir, sevdirir.

Çay yalnızlıktır, dertleşir.

Çay kalabalıktır, birleştirir.

Çay işte sadece içecek değil, hayatın atar damarına verilmiş serum gibidir.

Kaliteli yaşatır.

Çay şifadır efendim,

İlaç gibi belki ağrı kesmez,

Sadece mideye de inmez,

Çünkü

Çay muhabbettir, sevdirir.

Çay yalnızlıktır, dertleşir.

Çay kalabalıktır, birleştirir.

Çay işte sadece içecek değil, hayatın atar damarına verilmiş serum gibidir.

Kaliteli yaşatır.

Marifet Seviyorum Demek Değil!

Bazen öyle midem bulanıyor ki insanların sevme biçiminden. Dilde helal seviyorum diye bas bas bağırıp bunun tek harfi kadar olmayan insanlar var. Yazdıkları, söyledikleri büyük geliyor çoğu insanın üstüne.

Sanal âlemde herkes Müslüman. Herkes seviyor ama gözler her harama değdiğinde kalpte kara bir leke oluşuyor ve kalpler mühürleniyor. Dil ne kadar hak söylese de insan bunu uygulamayınca bir yalan olarak cehennem, ateşini büyütüyor.

Ah efendim...

Marifet dilde olsaydı yalancılar alim olurdu.

Marifet kalbi fark etmekte.

Kalbi fark edip hak olan kalbe Allah dedirtmekte...

Marifet seviyorum demek değil di, güzel efendim.

Marifet söze bile değmeden, aşkı hâl eylemekti!

Ölüm=Düğün

Karın serinliğini hissediyorum…

…vaktinden önce çiçek açan bahar dalları gibi!

Bembeyaz bahar, bembeyaz bir ölüme bürünüyor.

Aslında sevmek iki beyazı bir tutmaya benziyor.

Ölümü de, düğünü de...

Takdir-i ilahî…

Zaman işte bu dünya için geçiyor.

En son söz Allah'a emanet...

Toprakta başlayan bu öykü,

Elbette toprakta bitecek.

VesseLÂm

-Belki yağmur da olur koşamasam da sevda diye yağar üstüme.

Dokunur yine solumdan seni gördüğüm o eylül günü gibi…

Ölüm de düğün olur bizde.

Sanal Alemin Aşkları

Gecenin efkârı çayımızın dumanından yükseliyor. Seven sevdiğim dediğini aldattığını sanıyor, ama aldanan kendisi bilmiyor. Çünkü Hak katında aldananlar olacaklar. Nefsine, şeytana aldananlar...

Uzun zamandır bu konudan dem vuruyorum biliyorum, çünkü her geçen gün dramatik örnekleri artıyor.

Yakında sanal aldatmalarda ilk sıraya Türkiye çıkacak gibi. İnsanlar evli ya da hayatlarından biri olmasına rağmen sanal âlemde daha çoğunu elde etme girişimindeler.

Peki, bunu nefisle açıklamaya çalışmak…

Şeytana uydum demek…

Arkasından yıkılan güven, sarsılan sevgi, biten ilişki, sonlanan evlilik...

Hakkı sorulmayacak mı sanırsınız?

Ne deyim kalbinize bir dokunun, ne kadar kalbinize, gözünüze hâkimsiniz?

Ya da şu şekilde ne kadar sevdiğinizi bir sorun.

Vicdanınız rahat mı?

Kim ister ki Allah'a emanet ettiklerini, Allah'a havale etmek...

- Aldatan aldananlar Allah'a havalesiniz!

Aldatmak zayıflıktır!

Her ne konuda olursa olsun aldatmak aldanmaktır. Allah görmüyor mu sanıyorsunuz?

Birini yarı yolda bırakmak, birinin hakkına girmek, sözünü tutmamak, yalan söylemek, sevdiğim dediğin insan varken başkalarını düşüncene değdirmek de aldanmaktır.

- Bazen bakıyorum da insanlara anlam veremiyorum.

İnsanlar çok zor!

O yüzden en güzeli yalnızlık.

Şükür ki hala çaya katılabilecek sevgiler var...

Ve yalnız değiliz.

Ümitsizliklere çare olan Rabbimiz var.

Bütün hamd ve senalar O'na...

Düş düşüme...

Söylenmemiş ne kadar cümlem varsa sana dair anlatayım.

Ya da sen düşlerimde iken uyanayım sabaha.

Gözlerimi açtığımda gelen çay kokusu, senin elinden gelen çaydan olsun.

Bereket çayı bizimkisi.

Nakış gibi ince ince işlenir, dua dua demlenir.

Sevgisi eksik olan çay ziyan sayılır,

Muhabbeti şükre varmayan çay, haram sayılır.

Bakışım

Belki sözsüzdü anlattıklarım ya da sözlerim size yabancı...

Lakin seslerini duyabilirdiniz.

Her bakışım dua, her bakışım acıydı.

Gözyaşlarının ise dili, rengi aynıydı.

Lakin duyamadınız, duymayı hissedemediz ya da duydunuz da göremediniz.

Görmeye zaten bakamadınız...

Çay gibiydi ömür,

sevgileri erteledikçe fazla beklemiş çay gibi,

tadı kaçar, buruklaşırdı...

Bazense sevgilerin hızına yetişilmez dem tutmamış çay gibi rengi açık, kokusu yitik bir hal alırdı.

Yitirilen birçok şey gibi...

...gözlerim.

Bakmaya yabancı oluyor bazen.

İçimi yakan ne ki,

Bu kadar sevmek mi?

Bazen sevmek bile yetmiyor.

Mahcubiyet.

Şimdi sevmek bile bu kelimenin ırağına düşüyor.

...

Diyordu ya şair;

Çok sevmek başlı başına ayrılık sebebi diye...

Çok sevince çok da inciniyorsun be vesseLÂm.

Bir söz,

Bir bakış,

Bir hareket...

Ölüme ferman oluyor!

Bir çay daha içip susuyorsun, vesseLÂm!

Bir yerlerde birilerini Bekleyen birileri varya,
Düşüncesi bile tebessüm ettirirken insana,
Seccade de bizi bekleyen en büyük aşk varken, ve o aşkla en yakın olacağı düşüncesi bir ömür değil iki cihan nasıl yüzümüzü gülümsetmez!

Ve bazen çay,

Umutsuzlukları yeniden demleyip, umuda varmaktır.

Şairin de dediği gibi:

"Çay içiyorsanız bitmemiş bir şeyler vardır."

Sahte!

İnsanlar yapma bir hayatın gösterişine kapılıyorlar. Sevmeler bile yapma.

Bayanlarda...

Aşırı makyaj,

Tak takıştır,

Estetik burunlar,

İncecik bedenlere sahip olmak için yapılan sporlar...

Ve sırf dış görünüşle prim sağlayan sözde aşklar!

Beylerde...

Duruma göre sakal,

Ortama uygun bir kaç fiyakalı söz,

Varsa şan, şöhret,

Varsa araba, para,

Yoksa borç, harç telefonlar,

Marka kıyafetler...

Ve Sırf maddiyatın getirdiği görünüşle prim sağlayan yine sözde aşklar…

Özgür sevmeler olacakmış, kıskanmadan, Avrupa kültürü kim kime dum duma!

Hey Allah'ım ya ne günlere kaldık!

Bakarken kıyamayan gözler vardı,

Tuttuğu eli emanet sayıp kaybetmekten korkanlar…

Dua edenler vardı birbirlerine.

Seviyorum deyip iki cihana bu sevmeyi niyet edenler vardı.

Var olsunlar hala,

Umut edelim!

Bir Gün

Evin olur, evlerin olur!

Araban ya da arabaların,

Sevgilin veya sevgililerin olur...

Ama her attığın yanlış hesabın hakkı er ya da geç sorulur!

Beki bu dünyada daha dert görmezsin, her şey senin sanırken, an ölüme tekabül ettiğinde bir anlarsın ki malda yalan, mülkte yalan.

Gözler dışa açık olunca, görünen ruh değil beden oldukça anlamazsın.

Gözler ne zaman ki içe dönerse anlarsın;

Aslolan sevgiydi,

Güvendi,

Sadakatti,

Tebessümdü,

İmandı.

Ve bir gün ömür bitmeden aklımızla değil, kalbimizle uyanırsak sabaha her şeyin helalinde güzel olduğunu anlayacağız!

O zaman, işte o zaman Allah için kelimesinin içini dolduracağız!

Âh adres sormaz azizim!

Sırf güzel olduğu için bir kızı seven demeyim ona ilgi gösteren erkekler oldukça, ya da tam tersi güzel gözükünce sever diye bir kılıktan kılığa giren kızlar oldukça...

Daha çok tersine döner bu dünya!

Dilimizde sevmek,

Dilimizde adamlık, kadınlık...

Dilimizde Müslümanlık..

Ne deyim, Allah biliyor!

Ah dediğimiz adres sormuyor, buluyor!

Renk = Sen

Tek renk değildi ki yaşamak.
Duruşun,
Bakışın,
Gülüşün,
Sesin...
Hepsi rengimdi.
En güzel rengim!
Her güne şükür rengim.
Hayattan şimdi seni(rengi) alırsak geriye neyi kalır ki?

Buğulu

Yollara vuruyor insan kendini,
Derdini her köşe başında bırakmak istercesine!
Bilmediğim sokaklardayım,
İçimde taşıyamadığım hüznüm,
Tüm sesler, ışıklar kısılıyor arada,
Buğulu bakıyorum etrafa.
Yalnız bir cümleyi tekrar ediyor dilim:
"...hayırlısı..."
Yağmur yok desem yalan olur, yağmur hep içimizde, bakışımızda...

Yağmura karışıyor düşüncelerim, yağıyor kâh satırlarıma kâh kirpiklerime.
Yağıyor işte
Vefasız insanları tanıdıkça...

Sevince

Sevince devamın oluyormuş.
Uyku diye yattığın,
Şifa diye yüzüne baktığın,
Dua diye adını ezber ettiğin
Her anına şükür diye aldığın nefesin...
Oluyormuş işte…
Devamın, devamım…

Dua Asla Seni Eksik Bırakmaz !

Her çayı yudumladığımızda düşündüğümüz,
Her adını andığımızda dua ettiğimiz insanlar var bizim.
-Çayı çok sevmemiz bundandır bayım!

Duasız yaşayabilir miydik güzel efendim, hele duasız gidişinle nasıl ayakta kalırdım bilmiyorum...

Dua bu dünyada bizim ne kadar söyleyip tekrar etsek de aynı duayı eksilmeyen azığımız. Beddua nedir bilmeyiz biz, hele söz konusu sevdiğimiz olursa, canımızı ne kadar yaksada yine iyi olsunla biter her cümlemiz. Sevmek dua etmektir, yürek dolusu âminlerle sarmalamaktır sevdiğini...

Dua her zaman bir yol açar, istediğimiz yolu açamasa bile daha iyisini açar...

Gidişinle her gün adını eksiltmeden dua ettim, duada bile adını söylemek yetiyordu bana...

Lakin duydum ki bana beddua edermişsin sevgili...

Sahi beddua seni haklı çıkarır mı ki?

Beddua bize yakışmaz sevdiğim, gel Allah için dua edelim...

Eskilerde anlatılır sevdiğim;

Ma'rûf-ı Kerhi Hazretleri bir gün talebelerini toplar Dicle kenarındaki hurmalıklara çekilir sohbet ederler. Bu esnada nehirden bir kayık geçer. İçinde birkaç bıçkın genç. Hem içki içerler, hem şarkı söylerler. Bir ara hepten şirazeden çıkar, naralar atarlar. Talebeler bu edepsizliğe çok bozulur. Hatta içlerinden bazıları:

-Ah şu kayık bir devrilse de günlerini görseler, derler

Ardarda patlayan kahkahalardan ders yapılamaz olunca mübarek o yana döner. Ellerini açar ve;

- Ya Rabbi, Sen bu kullarını dünyada neşelendirdiğin gibi ahirette de neşelendir. Onlara hidayet ve istikamet nasip eyle, der.

İşte tam o sıra gençlerden biri sahildeki sohbetin farkına varır, arkadaşlarını uyarır. Mübareği görünce derlenir toparlanırlar. Hatta sazlarını kırar, destileri suya atarlar. Mahçup mahçup gelir, Şeyh Mar'uf'un ellerine kapanırlar. O günden sonra sohbetin müdavimlerinden olurlar.

Duanın gücü, bedduanın gücünden fazladır güzel efendim..!

Rabbim şu kısacık dünya yaşantımızda bizi birimize, bizi dünyaya hayırlı kılsın inşallah!

Ne kadar ayrı da olsak dualarımdasın,

İçtiğim çayı yudumlarken hatırımdasın…

Nasıl geçerim ki bu kadar severken senden!

Çölleşen dudağımda beliren yağmur…

Efendimizi (sav) okumak, anmak;

Öyle ki her satır, her söz aşkın rayihası gibi…

Tekrar tekrar söyledikçe nasıl işliyor içime O'nu anlatan her kelâm.

Efendimizin (sav) ömrü devrinden her kesit yaşadığımız hayatın ziyanlığını ortaya koyuyor.

Ne eminliğimiz var, ne sevmelerimiz hakkıyla. Yaşıyor 'muş' gibi yapıyoruz .

Nefis yaşıyor, ruh ölüyor...

Cehalet döneminin putları yüreklerde şimdi.

Ona buna her şeye yürekte öyle bir yer vermişiz ki dünya kokuyor,

İşte dünyadan feragat etmektir içinin huzuru.

Yoksa ziyan, zarar... / yaşamak nefisten öteye geçmedikçe bu dünya ahiretin kalkmaz yükü olacak…

Niye yine yorgun düşüyor ki kelimeler.

Uzağında mı kaldı yüreğinin?

Söz öz değil miydi?

Öz ise bir olan Allah inanmak...

O yüzden söze yalan karışmışsa öze ziyan karışır!

Su=Gözlerin

Suya dokundu adam.

Sanki ilk defa suya eli değiyordu. Çevresini yeni tanıyan bebek gibi dokuna dokuna öğrenircesine... Ve yüzündeki o hassas tebessüme hayret ifadesini yerleştirip sonra karşısındaki kadına baktı.

Dedi ki:

- Su bu dünyadaki en berrak nimetlerdendir. Onsuz olmaz. Şimdi senin gözlerine baktım da suyu hiç senin gözlerinden görmemiştim. Senin gözlerin hem yağmurun habercisi hem de suyun yemyeşil rahmet birikintisi... Su şimdi keşfedilmiş aşk hali içimde...

Ve devam etti genç adam;

-Bismillahsız, şükürsüz nasıl bakarım gözlerine dedi ve tebessümlere karıştı...

Sır

Evet bayım !

-Size bir sır vereyim mi?

Biz çayı sallamayız, demleriz.

Demlenen çay sevgide sabrı gösterir.

Biz çayı soğutmayız, sıcak içeriz.

Çünkü sıcak çay sevgide içtenliği gözetir.

- Anlıyor musunuz?

Sevgide de dem tutmak gerekir…

Sen=Yaşamın Tadı

Herkes çayı nasıl demler?

En lezzetli çay nasıl yapılır, onu da bilemem.

Ama en lezzetli çayı nasıl içerim bilirim.

Seni düşünmek tüm çayları lezzete harmanlamaktır.

Seni düşünmek çay ne kadar acımış da olsa tebessümünde eksiklik olmamaktır.

Tamam, tamam, çok uzattım.

Çayımın lezzeti, hayatımın tadı sensin…

Çay, en kısa aşk şiiri idi,

Dem tutmasını bilenlere…

Zaman sadece dünyanın değişen yüzü...

Kaç çizgi eklenirse eklensin tenime,

Yaşlanan sadece beden olacak.

'Sen ise eskimeyen tek yanım! (UZAT)

Sen Demli

Çay dedim...

-Demli mi diye sordu!

Ah bu soru… Tabi ki demli idi.

Çay açık yüreğim senliydi, bu yüzden hep demli idi.

Bakıyorum da ne ihtimaller denemişim,

Sadece deminde bir sevda için...

Çay demlemek gibiydi sevdaya başlamak,

Bismillah deyip ateşi yakmak,

Sevda suyunu gönül çaydanlığında kaynatıp

Sonra aşkı bir güzel harmanlayıp

Sabırla, duayla... demine bırakmak...

Dem dem koymaktı yüreğe,

Sonra yudum yudum şükretmekti yüreğe değdirene

Ve bir ömürlük deme değil, iki cihan tek bir deme ram olmak duasıydı.

Nasipse hep demli,

Hep senliydi.

Bana öyle bir bak ki

Dört duvar, bir çatı kondurayım hayalime.

İçinde de çayı eksik olmayan bir ocak…

Sevdası hep demli…

Hep senli…

Ah Be Çocuk

Ayağı yalındı çocuğun, ama yüreği de yalındı. Temizdi kirlenen ayakları.

Sevgisi temiz oldukça, bakışları derine kazındıkça kirlenemezdi de.

Şimdi kıyafetlere bürünen, cümleler kalabalığında "yalın sevgiler" azaldıkça... Yalın bir ayağı daha değerli kılıyor....

...

...hangi cümleleri savurup yalın bir sevginin ruhunu yakalayayım. Ah be çocuk! Nasıl isterdim o yalın ayağın, çoğu insanın kalbinin yerinde olmasını.

Sabret azizim!

- Çay bile demini almadan içilmiyor.

Artık acımış bir çaydan farkı yoksa yaşananların, yeni bir demlik çay ocağa koymanın vakti gelmiştir...

Taptaze bir çay, yeni umutlar!

En kötü günümüz böyle olsun diye kadeh tokuşturanlara inat her halimize şükür deyip çayımızı yudumlayan insanlarız.

İşte o kadar, gönülden demliyiz

Sade

Belki de en güzel yanlarındandı çayın,
İkram edenin yüzündeki doğallık...
Ne mekan önemliydi,
Ne de gösteriş…
...sade çaydı ama o çay başka çaydı.
Yudumladıkça yüreğe değen, yüreğe değdikçe birleştiren...

Yüzlerce Kez

Nasıl anlatsam ben şair değilim.
Yazar da değilim,
Dilim kalbime değdikçe sessizce döküyorum kelamlarımı kâğıda.
Seviyorum demek başka,
Sevmek başka...
Sevmek çok başka, o duygu aziz.
Rabbimden rızık yüreğimize...
Seviyorsun madem neden canımı bu kadar yaktın,
Neden gittin...
Ahım sana asla olamaz.
Ama yine solumdan sana öyle kızıyorum ki...
İçimden yüzlerce kez gidiyorum,
Yüzlerce kez vuruyorum seni, kelime kelime.
Bir anlatabilseydim kendi ölüşlerimi,

Bana acı diye değil,

Senin sevdan uğruna,

Benim sevdamı yakma diye...

Herkes sever

Ama çok az kişi nefes olur sevdaya.

Benim ateşime nefes, ölüşüme seyircisin...

Ahhh bu içimde ölüşlerinin bile faili sensin!

Ben senimde, sen benden ziyade!

Eksik kalmamalıydı çayda dem, sevgide vefa...

Kar ve Çay'ın buluşması;

Biliyorlar birbirlerinde son olacaklarını!

Çay eritecek karı, kar soğutacak çayı...

Ve çay şöyle diyor, gelinliğini giymiş kara,

" Yan yana imkansız olsak da, birlikte tükenecek kadar gerçeğiz! "

Sakallarına karışan rıhtımsız gemiler öylece,
duruyorlar şimdi.
Yalnızlıktan demir almışlar duruyorlar
bir vakti arar gibi...
Yeniden kavuşmayı bekler gibi...

Gece daha bir karanlık,
özlemekse daha bir yırtıcı olabiliyor,
Çayı sensiz her yudumlayışımda!
Bu yüzden her geceye bir avuntu, çay masalım var benim,
Hüznü bol ama sonu hep mutlu biten...

Seni Özlerken

Belki binlerce kez çay demledim

Ama hiç birinde seni özlerken demlediğim çaylar gibi tat bulamadım. Çünkü önce sevda ateşini yaktım. Üzerine gönül suyunu koydum. Sonra aşkın çayını harmanladım ve özlemin kısık ateşinde demlenmeye bıraktım.

Sonunda biraz gülüşün, biraz bakışın, biraz sesin, biraz kokun ve bolca aşkın olan çayı tattım.

Artık başka çaylar beni iflah etmez!..

...soluğumda bir acı;

'Ölüm var, ölüm var !'

Diye hatırlatıyor. Evet ölüm var, biliyoruz inanıyoruz ama yine de acıtıyor işte.

Belki de ölüm değil de acıtan, bağlandığımız dünya...

Hiç ölmeyecekmiş gibi sarıldığımız dünya...

Ölümü düğün eden bir inancın eksikliği var, gözlerimiz görmüyor. Doğduğumuz her andan itibaren ölümle kardeş olan bir hayatın içerisindeyken biz ölümü kardeşlikten çıkarıyoruz.

Ölümü unuttuğumuz noktada başlıyor, hırsımız, öfkemiz, tutkumuz, hazzımız, bitmek bilmeyen isteklerimiz!

Bir zeytini şükürle yemeyi unutuyoruz, ölümü unutunca!

İbadetlerimizi unutuyoruz, ölümü unutunca!

Sevdiklerimizin yüzüne gülümsemeyi bile unutuyoruz ölümü unutunca!

Sevdiğimizi söylemeyi unutuyoruz ölümü unutunca!

Unutuyoruz ki ölünce hatırlıyoruz!

Bugün var, ama belki yarın yok!

Yok oluyor işte

Sevdiğin, canın...

Ölüyor !

Ya da ölüyoruz !

Kendimizi unutuyoruz ölümü unutunca!

Unuttuğumuz yerden başlıyor

İmanda ki noksanlığımız.

Unutunca başlıyor işte Allah' a olan uzaklığımız.

"Külli nefsin zâikatü'l-mevt", yani "Her nefis ölümü tadacaktır."

(Âl-i İmran, 3/185; Enbiyâ: 21/35; Ankebut, 29/57)

Not: Ölmek beden işidir, Ruhu bedenin soyunmasıdır. Çünkü asıl olan ölümden sonraki ahiret hayatıdır. Ölümü tadacağız, nasıl yaşadıysak. Rabbim hakkıyla yaşayanlardan eylesin. Ölümü bize düğün eylesin...

NİYET

Birini haksız yere üzerken bir kez daha düşünün. Kimse sonsuza kadar yaşamıyor!

Yine sahur olsa, yine niyetlensek. .
Güzel sevmeye de niyet etsek bu sefer!
Yalansız, tertemiz bir sevmeye...
Ve uyandığımız da hakiki bir bayram olsa.

Kime İnsan denmez

Kime adam denmez?

-Tuttuğu eli bırakana,

-Aldatana,

-Yalan söyleyene,

-Hakkı bilip, Hak yiyene,

-Kibirli olana (her şeyi ben biliyorum havasında)

-Kendinde zerre hata bulmayana,

-Adına yakışmayana,

-Dilde seni seviyorum diyene,

-Para ile değişene,

-Kadına el kaldırana,

-Küfür edene,

-Umut verip geri alana,

-Her güzele yazılana,

Kısaca Allah var deyip, yok gibi yaşayana adam denmez.

İnsan da denmez!

Gerçek aşık amelini hiç uğruna yakar mı azizim!

Allah Yâr

Gözlerim yağmurun habercisi.

Bir köşede bekliyorum,

Umutları elinden alınmış bir çocuk misali titriyorum, yalnızlığımda.

Saatler nereden baksan acıya vuruyor.

Sonra bugün Cuma diyorum,

Umut diyorum,

Biliyorum Yaradan, Yâr.

Elim kalbimde,

Eyvallah diyorum.

Öyle bir eyvallah ki, yarası derin, özlemi kor.

Allah yâr diyorum tekrar,

Bırakıyorum içimdeki seni O'nun adaletine...

Neyse vardır bunda da bir Hikmet!

Keyf-İ Alem

Ne çok inanmışım.
Ne çok güvenmişim.

Ne çok da sevmişim ki insanları çıkarları bitince sırt döndüklerini gördükçe vefasız insanları gördükçe içimde can kırıkları sürekli kanatıyor.

Allah'ım diyorum,

Sevmeyi de kirlettiler. Ailevi bağları, kardeşliği, dostluğu, arkadaşlığı, aşkı kirlettiler…

Nasıl bir sevmek, nasıl bir dünya?

Soruların cevaplarını bilmek ilk kez bu kadar acıtıyor.

Bir saniye sonranıza garantiniz yokken bu neyin ahkâm kesmesi.

Değer miydi?

Hadi yaşayın doya doya.

Ne kazandıysanız götüreceksiniz ya öldüğünüzde ahirete.

Ahh...

Ne diyeyim ki.

Allah' a bırakıyorum içimde ne varsa.

Kalem bile yazmaz bu kadar acıyı.

Ben yine dua ederim

Sabır derim

Umut ederim...

Bunu da elimden alamazlar ya.

Allah'ım Efendimiz (sav) duası gibi, gönlümün imtihan edilmesinden sana sığınırım!

Elimden bir şey gelmiyor, dilimde karanlık geceye saklı gözyaşları ve dualar...

En çok da ne acıtıyor biliyor musunuz? Uyuyunca bile geçmiyor!

Bu gece sanki bir sancı yüklü gökyüzü...

Kaldıramıyor bu kadar acıyı,

Kıyıya vuruyor insanlığımız küçük çocuklarla.

Keyfî bir yaşam için hiçe sayıyoruz Allah rızasını.

Aldatıyor sevenler sevdiklerini.

Cepler dolu, karınlar tok yarınlar için haklar yeniyor!

Emanet saydığımız elleri, yürekleri daha güzel daha yakışıklı daha zengin, daha daha...

Ve hep dahası için bırakıyoruz. .

En önemlisi inandığımız gibi değil, yaşadığımız gibi inanmaya başlıyoruz. .

Allah diyoruz, diyoruz da Allah için ne yapıyorum?

Vardır bunda da bir Hikmet!

-Hayrolsun.

Çay dedik...

Muhabbet dedik...

Sevda dedik...

Hepsini ömrümüze dem eyledik.

Ve bir yola çıktık.

Kağıtlarla buluştu içimizde dem tutanlar...

Seninle oturup çay içtik, daha ne olsun?..

-Seni bir kez daha sevdim…

Hiçbir şey gelmiyor deme elimden ,

hele bir çay gelsin elinden...

Gerisi şifa, ötesi Allah...

Hadi Bismillah…

"Bir bilinmezliğin hüznü var yüreğimde."

Ve yaşamak…

Hep dem tutar ,

Çaya karışmış/alışmış gecelerde…

Mıh Gibi

Bir zamanlar her şeye rağmen devam derdim,
Yorulmam derdim.

Gözlerim gülerdi, umutlarım vardı,

Dizlerim kanardı ama kalkardım.

Şimdi kalbim kanıyor,

Yıllarım gitmiş ve ben bir adım gidemeden yorgunum.

İnsanları tanıdıkça gerçek yüzlerini gördükçe içim öyle acıyor ki, ne bir tanıma sığıyor, ne de gözyaşlarımla siliniyor.

Mıh gibi beynimde bu acı,

Adına her ne diyorlarsa herkes kendine düşeni bilir (hainlik, şerefsizlik, vicdansızlık vs.).

Birinin hayallerini, umutlarını çalmanın ne demek olduğunu hesap gününde daha iyi anlayacaklar.

Bilip susanlar, keyfini sürenler de hesabını verecek,

Sahipsiz mi sandınız ki biz en güzele (Allah) sığınmışken?

Şimdi ne yazsam geceden daha siyah!

Sahi

Gözleri yerde bir sevda bizimkisi.

Saatlerin her geriye döndüğü, kalubelada tanıttığımız güne ilerleyen bir sevda bizimkisi.

Ruha daha hiç bir leke bulaşmadan sevdiğimiz o güne.

Satır satır yazıyorum da içimin kıyısına vuranları ya yazamadıklarım?

İnce ince ağlıyorum da kalbimin kıyısından sızanları, ya akıtamadığım gözyaşlarım?

Tam derinde en derinde adını bile söyleyemediğim vurgun yemiş yanım ne olacak?

Kimseye 'ama söz vermiştin' cümlesini kurdurmayın!

Çok can acıtıyor inanın.

Yıkılan umutlara mı, kaybedilen güvene mi üzülse insan, bilemiyor.

-Sahi Allah'tan korkmuyorlar mı?

VesseLÂm

Sevgiyi devam ettirmek çok zor ne demek?

Eğer bir sevgide sözünde durup emanetim dediğine sahip çıkmıyorsan

Hakkını yiyip bahaneler arkasında süslü cümleler kuruyorsan aşk meydanına hiç çıkmayacaktın!

Sevmek ya vardır ya yoktur. .

Gerisi yoktur sevmenin. Yanmayı göze almayan pervane aşkı bilir miydi?

Seviyorum demek öyle kolay değil, ne olduysa dilde moda olan sevmelerden olmadı mı?

Sevmek biter mi Azizim?

Herkes yazıyor, herkes seviyor.

Ahh aşkı ne güzel yazıyorlar!

Keşke yazdıkları gibi gerçekten yaşasalar.

Sözde öyle de yaşıyorlar...

Ama öyle bir yüzleri var ki kiminin; sevgileri pazar tezgâhında satılık gibi...

Yalandan allayıp pullayıp satıyorlar aşklarını.

O yüzden herkes yazar ama herkes kalbini ortaya koyacak kadar gerçek değildir.

Gerçekten sevselerdi Allah'tan korkar, öyle adım atarlardı.

Değil yalan, bir bakışa haram sığdıramazlardı.

Ahh içimdekiler benden ağır!

Şimdi satırlarım asrın karanlığından uzakta bir yerlerde bir sevdaya kanat çırpıyor.

Bir bunda bir hikmet VesseLÂm!

Solumuzdan Eksiğiz

İnsanlar çevresinde kötü olarak algılanmaktan korktukları kadar Allah'tan korksalardı,

her şey bu kadar yapay, sahte olmazdı.

Özellikle sevmeler bu kadar yormazdı.

Gönül Allah'ı bilip sevdikten sonra

Her adım helâl olurdu!

Ama bilmiyoruz, hakkıyla sevmiyoruz ki eksiğiz. Hem de çok eksiğiz.

Solumuzdan eksiğiz. Rabbim kendiyle tamamlasın!

Herkes söylediği ve yazdığı kadar insan olsaydı, her gün ölen insanlık değil, cehalet, vahşet, zalimlik ölürdü.

Elimizden bir şey gelmiyor diye bir şey yok!

Dilimizde kalpten duamız, okunan ezanımız ve kıldığımız namazımız varsa elimizden gelen çok şey var!

Çünkü her şey imandır, bir Müslüman inancını, imanını kaybettiğinde asıl kaybı verir.

Ne deyim ki Solumuzdan eksiğiz.
Rabbim kendiyle tamamlasın!

Yarın Yeni Bir Gün

Rüzgâr Gibi Geçti kitabının çok sevdiğim bir sözü vardır:

" Bugün hiçbir şey düşünmeyeceğim, çünkü yarın yeni bir gün ..."

Evet, yarın yeni bir gün!

Bakalım uyanırsak sabaha, güneş belki solumuza da doğar,

Belki bir dost, elinde simitle kapımızı çalar,

Kuşlar bizim söyler yarının şarkısını,

Çiçekler bizim için açar en güzel rengini.

Belli mi olur, yağmur belki ikimiz için yağar,

Yağar ki belki yüreğimize değer,

Belki bir kız çocuğu koşarak bize sarılır

Ve otobüste yer verdiğimiz bir teyze Allah sevdiğine kavuştursun diye dua eder...

En güzeli mi? Belki yarın dualarımız kabul olur.

(mümin umut doludur, gökler kadar)

Kitaplar efendim,
Aklın kalbe değdiği yer gibidir.
Öylesine kalabalık, ve aynı zamanda öylesine tenha…
Çünkü kitaplar içine girebilene sığınacak bir dünya....
İçinde nasıl yaşaması sana kalmış.

'Çay içerken aklına" ben geliyormuşum.
Mutluyum, çünkü çay içerken aklına geliyorsam
yüreğine değmeden geçmem ki.

Çay ısmarlamak,
Gönlünden bir sandalye çekmektir
karşındakine…

Aşk Olur

...İçimizin ses veren hüzünleri, özlemleri, acıları, sevinçleri, sevgileri, duaları hep bir kelimede bir olur. Allah deriz derdimiz de devamız da bir olur.

Bir Allah deriz ne varsa Aşk olur...

Çok acıdı içimiz, emanet sayanların haksızlığına uğradık, seviyoruz diyenler vurdu sırtımızdan, aldatıldık, kandırıldık, insanlık dalgalarla kıyıya vurdu.

Daha iyisi, daha güzeli, daha parası gibi saçma sapan aşklar moda oldu.

Dilde sevenler çıktı. Helal seviyorum deyip, kendine inananlar ve sanal âlemi özgürlük sayanları hiç sormayın.

Daha neler neler.

İşte içimizin ses veren tüm yanlarını satırlara yazdık. Derdimiz asrın karmaşasında karşılıklı sayfalardan da olsa demli bir çayın sıcaklığında muhabbet etmek.

Her şeyde vardır bir hikmet deyip, yarınlara umutla bakmak...

Varsın özlemek hep olsun.

Biz solumuzu Allah'a emanet ettik.

Bitti

Belki bir daha yağmur hiç böyle yağmayacak,
Bir daha koklayamayacağız bu kokuyu.

Çocukça sevinip hayatın en güzel günlerine not düştüğümüz bu gün, takvim yapraklarında kalacak.

Eylül bile bize küsecek.

Belki başka eller tutacağız,

Başka kalplere sığınacağız...

Ama ilk gün ki olmayacak "emanetim" sözünün anlamı.

Çünkü artık gerçekten bitti…

İmtihan = Yâr

Kimse seçemiyor ki
Ömrün kataloğundan kimi seveceğini.

Kimse bilemiyor ki

İmtihan'ı Yâr olanın vuslatına nice beklemeler düşeceğini.

O yüzdendir şaşırıp kalmalarımız, bir kelimeye bin anlam yükleyip sevmelere yormalarımız.

Ve sevmektendir bilesin, her yağmur damlasına, her ezan sonrasına, her namaz arasına yerleştirilen duaların 'ona bişey olmasın'la bitmesi...

Ama bilemedik işte,

Çağın modasına uyan sevgilerin hava sahasında, nefessiz kalacağımızı.

Selam Olsun

İnsanlar seviyorum der,

Öyle inandırırlar ki,

Arkanızı dönmeye görün sizi öyle bir vururlar ki

Ölmeden ölürsünüz.

Ama Allah'ı hiç hesaba katmazlar.

Her çıkışın bir inişi vardır, bu dünyanın da…

Sevseydi...

Geceyi aralayan aydınlık bir sahurda,

İnsan gerçekten sevseydi başını secdeye, kalbiyle koyardı...

Orucu aç kalmaya niyet diye değil kalbe şifa diye niyet ederek tutardı.

İnsan,

Gerçekten sevseydi dilinden önce kalbiyle görür, kalbiyle konuşurdu.

Kalbiyle ses verenlere selam olsun!

Ne Haddimize!

Umutsuz olmak yakışmaz bir mi 'mine.

Hatta umutsuzluk ne haddimize!

Canımız belki çok yanıyor, yanacak…

Kaybedeceğiz belki bu dünyada en sevdiğim dediğimiz kişileri.

Ya mesafeler girecek ya ölüm…

Belki çok haksızlığa uğrayacağız, çok incitecekler.

Bir köşede, seccade eksilmeyen yağmurlar bırakacağız.

Belki hüznümüz solumuzu ağrıtacak, nefeslerimiz daralacak

Ama bileceğiz ki kalbimizle bir söylediğimiz bir Rabbimiz varken umutsuzluk yakışmaz bize.

Gitse de dünya bizden, dünyayı yaratanı severek bilirken korkmak niye?

Neyi kaybederiz O' nu (c.c) bilirken?

Ama çok şeyi kaybederiz O' nu (c.c) bilmezken?

Her şeyin hikmeti sendedir Allah'ım. .

Bir inşirah serinliği bahşet çölleşen yüreklerimize.

Anımsama...

Bazen kelimeler yetmiyor yakınımdaki uzaklığa.

Ne söylesem eksik kalıyor, tesiri yok.

Kulluğumun noksanlığından biliyorum, hep aynı hatayı yapıyorum. .

Bir Müslüman aynı delikten ısırılmazken Allah'ım acizliğime ver ben ayağa kalkamıyorum, sen kaldır Rabbim. .

Ahh...

Yükselen Kur'an sesinde yüreğimin duasını da kabul et Allah'ım...

Bilirim,

Ama söyleyemem...

İki kırık cümlem senin aşkının sadakasına muhtaçken

-Bu yüzden söyleyemediklerimi, çaydanlığın buğusuyla cama yazıyorum.

Belki dem tutar da söze gelir diye...

Belki de çay içeriz; söze gerek kalmaz yüreğe deyiverir diye...

Gittiğin Günden Beri

Gittiğin günden beri günleri saymıyorum,
Hangi gün gittiğini unutmak için...
Hatta hiç gitmediğini varsaymak için...
Soranlara vakitsizliğin vaktinde bir zamanda gitti diyorum!
Gelir mi diyorlar,
Gelse de bir, gelmese de bir diyorum!
Yokluğunda sevmeyeceksem, varlığında sevmiş mi oluyorum sevgili...

Gittiğin günden beri kaç vurgun yedim denizden bilmiyorum.
Sen içimin deniziydin,
Çarptığın kayada nefes buluyordum.
Şimdi kendi denizinde boğulan bir balık misaliyim,
Keç nefes eksiğim bilmiyorum...
Nedir bu halin diye soranlara,
Nefesimle canımın arasında bir düğüm diyorum!
Çaresi yok mu diyorlar,

Derdim de bir, devam da bir diyorum!

Yokluğunda yanmayacaksa canım, varlığında sevmiş mi oluyorum sevgili...

Sonra bir çay daha koyuyorum,

Eksik kalan ne varsa, bir dua uzaklığına bırakıyorum,

Aklımda kalanları ise satırlara...

Gittiğin günden beri çocuk misali düştüğüm sensizliklere kaç sefer bir LÂ çekip sustum bilmiyorum.

Düştüğümde sana değil, senden öte sevdirene el uzatıyorum!

Seni senden değil, seni gönlüme düşürenden istiyorum!

Keşke demiyorum, iyi ki diyebiliyorum hâlâ seni gördüğüm o güne...

Neden bilmiyorum ama varlığında zaten seviyordum,

Gidişinde yokluğunun sanki ötesine düştü sevdam...

Gözlerimde ki buğuyu soranlara,

Yağmurla gelen bir sevdanın, yağmursuz gitmesi mümkün mü diyorum!

Unut diyorlar,

Unutursam yaşar mıyım diyorum!

Unutmak mı?

En fazla kaç saniye,

En fazla kaç nefes,

En fazla kaç dua....

Unutmak mı?
Gönül bir kere sevmişse,
Göz görmesede, her yerde bulmaz mı seni...
Aşığa, aşığın nerde diye sorsalar aşık tek yeri gösterir mi?
Duyduğum her ezginin arka fonunda,
Kopardığım her takvim yaprağında,
Gül kokulu bir kuş lokumunda,
Terliklerime işenmiş nakışta,
Yağmur yağarken ya da yağmazken dolaştığım sokaklarda,
Papatyaların seni seviyorum ihtimalini bir yana bırakıp koparmaya kıyamadığım bembeyaz yaparaklarında,
Yaşlı bir dedenin ahiretlik dediği bir sevdada,
Mendil satan bir çocuğun şeker camına takılı kalmış o masum bakışında,
Hareket eden bir vapurun, arkasında bıraktığı köpüklerde,
Eski türk filmlerinin gülerken ağladığımız sahnelerinde,
Siyahın içinde beyaza hasret bir cümlemde,
Kendime bile sessiz kaldığımda, içimde yükselen seste seni buluyorsam...
Unutmak mı?

Aşık unutur mu VesseLÂm!

Kalbin Yaratılış Gayesi

Latife-i Rabbanidir kalp!

"Muhakkak ki Biz, yeryüzünde olan şeyleri, onların hangisi daha güzel ameledecek diye imtihan etmemiz için, ona (arza) ziynet kıldık." (Kehf Suresi, 7. ayet)

Elini soluna koy Azizim. Tam orada atan bir şey var, kalbin. Bunu sende biliyorsun. Peki kalbin seni yaşatıyor, çok muazzam bir organ değil mi?

Peki sen kalbini yaşatıyor musun?

Bakalım kalp neymiş, o tanımlara sığan kalbe bakalım önce. Basit bir et parçası değildir. Bu tanımı bütün kitaplarda okuyabilirsin.Kalp, yan yana çalışan iki bölümden oluşur. Bunlardan b bölüm vücuda oksijen ve besini kullanılmış karbondioksi yükselmiş (kirli) kanı akciğerlere gönderen sağ kalptir. Kakciğerlerde oksijenlendirildikten ve karbondioksidi uzaklaştırıldıktan sonra (temiz hale gelince) sol kalbe geri ve buradan vücuda pompalanır. Kalbin her iki kısmı kulakçık (atriyum) adı verilen bir ön pompa ve karıncık (ventrikül) adı verilen asıl pompalama bölümlerinden oluşur. Sağ kulakçık vücuddan toplardamarlardan gelen kirli kanın bekleme yeridir. Kan buradan sağ karıncığa geçer. Sağ karıncık kirli kanı pulmoner atardamarı aracılığı ile akciğerlere gönderen pompalama yeridir. Sol kulakçık akciğerden toplardamar (pulmoner ven) yolu ile gelen temiz kanın bekleme yeridir. Kan buradan sol karıncığa geçer. Sol karıncık kanı aort adı verilen büyük damar ile vücuda pompalar vs. diye daha devam eder.

Ne muazzam ve karışık bir yapısı var değil mi kalbin?

Öyle bir sistemi var ki seni hayatta tutuyor tek bir kan pıhtısı attırmadan. Nefes alıyorsun değil mi?

Şimdi tekrar soruyorum kalbin yaşıyor azizim de, sen kalbini yaşatıyor musun?

Evet diyebilirsin, sağlıklı besleniyorum, spor yapıyorum, kontrollere gidiyorum, kalbe zarar verecek şeylerden uzak duruyorum vs.

Peki kalp böyle mi yaşar, kalbin yaratılış gayesi nedir azizim? Sadece seni canlı tutan bir et parçası mıdır?

İşte şimdi tanımlara sığmayan kalbe bakalım. Tüm sevgileri, üzüntüleri, neşeleri, kızgınlıkları, nefretleri, duaları, düşünceleri, şiirleri, romanları, insanları, kısacası kainatı, kainatın ötesini sığdırdığımız o küçücük kalbe bakalım. Latife-i Rabbani olan kalbe. Yani konumuza mevzu olan kalp, bir latife olan mânevî kalptir. Kalp çok küçüktür ama içimizde en münevver(aydınlatılmış) yerdir. Allah'ın kainatta olan varlığını hissedip, onunla beslenen ve onunla nefes alan ince ve latif bir duygudur. Bediüzzaman Hazretlerinin de dediği gibi kalp bir çam kozalağı(et parçası değildir)

"Kalp, insanın çekirdeğidir. Ubûdiyet (kulluk) ve ihlâs (kalb ameli) altında İslâmiyet ile iskâ edilmekle imanla intibaha gelirse, nûrânî, misâlî âlem-i emirden gelen emr ile öyle bir şecere-i nûrânî olarak yeşillenir ki, onun cismanî âlemine ruh olur. Bu ruh iman ile hayatlanır ve beka bulur. "

Kalp sevgiyle beslenir, yaşar. Allah sevgisini hissetmeyen, kalp gözü görmeyen bir kalp yaşamıyordur ki. Varlıksal olarak belki vardır, ama o hissedilen bağlamda, kulluk bağlamında yoktur.

Kalbi gerçek mana da yaşatan zikirdir. Şüphesiz ki kalbin Allah'ın ismi azamlarını söylemeye ihtiyacı vardır. Zikirsiz bir kalp yağmursuz bir toprak gibidir. Çorak, susuz, kavrulmuş bir boş arazi, çölleşmiş bir yerdir.

Neden zikrimiz eksik azizim, şimdi biz kendimizi yaşayanlardan mı sanıyoruz?

Boş şeyler için aldığımız nefesi saydık mı hiç.

Evde ekmek kalmamışsa gider alırız değil mi?

Su kalmamışsa da alırız. Düğün varmış, kesin yeni şık bir elbiseye ihtiyacın var. Sen sigarasız durmazsın değil mi? Senin de makyaj malzemen bitmiş, böyle sokağa çıkamazsın! Mehmetinde internet paketi bitmiş, hayatla bağlantım kesildi diye kara kara düşünüyor. Ayşe bu akşam konsere erkek arkadaşıyla gitmek için can atıyor. Yarın sınav var, bu gece sabahalaman lazım! Ahmetle, Nesrin ayrılmış, neden olduğun öğrenmezsen meraktan çatlarsın değil mi? Bugün ne yediğini facebookta paylaş bakalım kaç beğeni alıcak? Ne çok şeye ihtiyacımız var değil mi? Peki gerçekten seni yaşatanlar bunlar mı?

Kalbin ne için yaratıldı, bakmaz mısın güzen efendi!

Azizim, kalbinin de sana ihtiyacı var, görmüyor musun?

Sen nasıl göründüğüne değil, nasıl yaşadığına bak.

"O, sizin suret, şekil ve dış görünüşlerinize değil, kalblerinize va kalbi temayüllernize bakar." (Müslim, Birr, 33)

İlla kalbin durması mı gerekiyor, bir kalbe sahip olduğunu anlaman için!

Senin kalbine ihtiyacın varsa, kalbinin de sana ihtiyacı var, zikrine, şükrüne, sabrına ihtiyacı var. İhlâsla bakan, adım atan, nefes alan sana!

Daha fazla öldürme kalbini, nefsin için yaşayan kalpler mezarlığına adını yazdırma. Kalbinin durması bir pıhtıya bakar unutma. Sen önce kalbini yaşat ki, o seni sadece bu dünyada değiş ahirette de yaşatır. Hem de öyle bir huzurla yaşatır ki, tüm tanımların ötesinde bir inşirah serinliği hissedersin.

Kalbim var yaşıyorum değil, Allah'ı bilen, çokça zikreden bir kalbim var ki yaşıyorum diyesin.

Onlarsız yaşamam dediğin dünyalıkların olmadan da yaşarsın emin ol. Hepsi birer perdedir hakla aranda. Sabır senin kalbinin yaşayışında zikre giden yoldur.

Bediüzzaman Hazretleri, sabır kahramı Hazreti Eyüb (a.s.)'ın hadisesini mealen şöyle ifade eder;

Hz.Eyyüb'in vücudu bir çok yara içinde uzun müddet kaldığı halde, hastalığın büyük fayda ve mükâfatını bildiği için sabırla tahammül etmiş, daha sonra yaralarından çıkan kurtlar, kalbine ve diline iliştiği zaman, zikir ve marifet-i ilahiyenin yeri olan kalp ve lisanına iliştiklerinde, kulluk vazifesine zarar gelir düşüncesiyle, belki kulluk vazifesi için demiş: "Ya Rab! Zarar bana dokundu, lisanen zikrime ve kalben kulluk görevime zarar veriyor." diye kurtuluş için Allaha yalvarmış, Cenab-ı Hak o halis ve safi, garassız, lillah için münacatı gayet harika bir surette kabul etmiş, sıhatı vermiş ve her türlü merhametine kavuşturmuştur.

Yani kısaca açıklıcak olursak, çok zengin olan Hz. Eyyüb (a.s.) malını evlatlarını kaybetmiştir. Hatta vücudunda iyileşemeyen yaralar çıkmış, eti çürümeye başlamıştır. Bunlara rağmen şeytanın hilesine gelmeyip bir kere bile Rabbimize ah etmemiştir, bir kere bile. Rabbim neden ben dememiştir. Hep tevekkülle ve ihlâsla hareket etmiştir. Sabrın en güzel öreğini göstermiştir. En vücudun saran yaralar zikrine engel olunca Rabbime dua ederek, hastalığının zikrine engel olduğunu söyleyerek kullukta noksan kalmamamak için şifa dilemiştir. Ne kadar güzeldir ki, Rabbim gelen her şeye rıza gösterip, kulluğuna zarar vermeye başlayınca şifa dilemesi. Bazen biz musibet gibi gördüğümüz şeylerde kalbi yaşatan, hayır olan sırlar gizlidir. Bu yüzden önce sen kalbini Allah rızası için yaşat ki, o da seni gerçek yaşamakla yaşatsın.

Hz. Eyyüb (a.s.) Kur'ân-ı kerîmde şöyle bahsedilir;

"Biz onu (belâlalara) hakîkaten sabırlı bulduk. O ne güzel kuldu. Şüphe yok ki o tamâmen Allah'a dönen (bir zât) idi." (Sâd sûresi: 44)

Sen de Rabbimin ne güzel kulum dediği kullardan, olmak istemez misin, istemez miyiz?

O zaman Rabbim bizi kalbi yaratılış gayesine uygun kullananlardan eylesin.

"Allah'ım kalbimizi dinimiz üzerine sabit kıl"

Seni Yazmak

Yazmak, kanamak aslında.

Ne çok kan kaybediyorum, can veriyorum her kelimeye seni yazdıkça.

Unutmaktan geçiyorum.

Yazmak, unutmamaya yemin etmek aslında.

Dışımda seni ne kadar uğurlasam da içimde yolcu edemediğim bir sen…

Şöyle şimdi yazmak seni, ömürlük acıya bilet kesmek değil mi?

Asırlık Sevdam=Sen

Bir gün daha kızıllığını bıraktı sulara...
Hasretle...

Eskinin hep hüzün kokan bir yanı vardır.

Yağmurla gelen bir sevda esintisi de eklenince sessizce konuşuyor duygular. Ballı cevizli yöresel kahvede sanki kırk değil dört yüz asırlık sevdanın hikâyesini anlatıyor...

Şiiri bazen yazmaya gerek kalmaz,

Şiir gibi yazılan bir hava var!

Şiire Karışmış Topraklar

Şiir yazmak ince iştir.

...lakin içindekiler şiirden öte çok öte olmalıdır.

Hiç dokunulmamış, hiç okunmamış sade sevda kokanın yüreğine fısıldanacak şekilde...

Öyle gizli, öyle mahrem...

Mühim olan şiirine aşkı sürgün etmek değil,

Bir gönle sürgün olmaktır.

Öyle kelamları süsleyip bir ömür vaat edemezsin!

Kelamlar çürür, siret görünür.

Evet velhasıl...

Sözlerde bulabilirim kendimi belki

Ama sözlerden geçince özünde ben kalır mıyım?

O şiirlerindeki renkli dünya bir duaya ihtiyaç duyduğunda

İçin yanarcasına adım ağzından dökülür mü?

Dudakların kuruyunca yağmur bekler gibi beklenen ben olur muyum?

Ya da kimsesiz yağmurlar mı adım?

Ah sakalları şiir kokan adam!

Sevdanın şiirli sokaklarını geçince içindeki heyecan, yangın, yüreğini delen çarpıntı devam ederse o zaman belki ümit var olurum. O zaman şiirinde kendimi yaşarken bulurum.

Yoksa şiire karışmış topraklar örter üstümü.

(Eskilerden... Eskiyenlerden)

Yaşamı anlamlı Kılan Dostlar (17 Mart)

Dünyaya ses verdiğim gündü. Yirmi dört sene geçti üstünden. Yaşın elbette ki önemi yok ama yaşayışının çok büyük bir önemi var. Yaşayışında biriktirdiğin güzel sevgilerin, hele sahip olduğun Allah inancının. Seni bırakmayan, üzüldüğünde güçlü kılan, başını yastığa koyduğunda tebessüm ettiren, duasına seni ekleyip yüreğine şifa olan insanlar, yüreğine şifa olan sevgiler asıl önemli olan. Hatta tek önemli olan. Geçecek imtihan dünyasında incitmek niye ki? Kim ahirete bu dünyada kazandığı malı, mülkü götürecek ki?

Elbette canımızı yakan sevgiler var,

Değer verince kendini üstün gören sevgiler de oluyor ama hep yarı yolda kalmaz mı?

Yonun tamamını bu dünya için görmek gibi bir gaflete düşenler var ki hele, bak yarı yolda kalmadım diyebilirler, önemli olan ahirette yolunun nereye çıktığı değil mi?

Çünkü sevgi bir tek güzel yürek tanır. Güzel bir yüz değil,

zengin bir cüzdan değil. Sevgi Allah'ın yansımasıdır. Sevmek yaratılış gayesidir.

Güzel sevmek ve hep sevmektir mühim olan!

Nasıl yaşarsa insan öyle ölür ve öyle haşr olunur.

Benim duam bu günde sevdiğim insanlarla iki cihanda beraber olmak..

-Bir insan yaşıyorsa en güçlü yaşam kaynağı sevgisidir. İyi ki varsınız güzel insanlar.

İyi ki varsınız!

-Çünkü ben bugün bir kez daha anladım ki hüznüme de, mutluluğuma da sahip çıkacak o şifa yürekli insanlar var. Allah hepinizden razı olsun.

Canınız cennete :)

Bir ses tüm seslerinden içinden sıyrılıp seni, yüreğini onun yanına götürebilir mi?

"Yağmur başladı koş!"diyen bir ses.

Gönül çoktan ıslanmış.

Bir uzun hikâye…

Ne yazarsam yazayım bitmeyecek bir hikâye…

Bir gün buralardan gittiğimde;

çayı,

yağmuru,

Eylülü

ahşabı,

geceyi,

kitapları,

şiiri

ve en çokta seni severdi deyin...

- Ama sen öte seni sevdireni diye de not düşmeyi unutmayın.

...bizim sevdamız bitmedi, bittiği gün başladı. Devamı ahirette yazılacak!

Biz kavuşmalarımız ahirete saklıdır !

VesseLÂm...

Lâ ilâhe illâ ente sübhaneke innî küntü minez-zâlimîn. (Enbiya Suresi, ayet 87) Ya Rabbi! Senden başka mabud yoktur. Seni noksanlıklardan tenzih ederim, ben şüphesiz zalimlerden oldum..

Yazılanlara dair son kelâm,
Allah her şeye kadirdir
vesseLÂm!